Um Weihnachten rum

Umschlaggestaltung und Graphiken: Hermut K. Geipel
Satz und Druck: Jos. C. Huber KG, Dießen
ISBN 3-924012-09-1

Um Weihnachten rum

Geschichten
zum Lesen und Vorlesen

Gedichte
zum Schmunzeln und zur Besinnung

ein paar
Volksgesanglieder zum Singen

und etliche
alte Rezepte zum Ausprobieren

dazu auch
Bilder zum stillen Betrachten

Zündts d'Kerzen o, am Kranz,
dann setz ma uns ganz
staad drum rum.

A bißl a Staade Zeit,
de braucht der Mensch von heut
umadum.

Hörn ma a alte Gschicht,
a Liad, a Gedicht,
wenns Liacht brennt

und gönn ma uns a Weil a Ruah;
de ghört doch dazua,
zum Advent!

Kathrein stellt den Tanz ein

Warum sind wir eigentlich grad in der Adventszeit versucht, uns mehr als sonst im Jahr in die „gute alte Zeit" versetzen zu lassen?
Ist unsere Zeit wirklich so schlecht, daß wir lieber in einer andern leben möchten? Und war die andere wirklich so gut? Oder machen wir's wie bei einem altbachenen Weihnachtsstollen, wo wir uns die Weinbeerln und die Mandelstückeln, das Zitronat und die anderen guten Sachen herausklauben – und von dem einfachen Zeug gar nicht wissen wollen, wie's schmeckt?
Wenn wir heute von der „Staaden Zeit" reden, die in den Wochen vor Weihnachten sein soll, dann tun mir das meistens mit einem Weinbeerldenken: Wir möchten unseren ganzen Adventsstress loshaben und ihn gegen das eintauschen, was wir uns unter staader Zeit vorstellen: Die Hände in den Schoß legen können, wenigstens für ein Stünderl am Tag und dabei seinen Gedanken nachgehen, vor den brennenden Kerzen am Adventskranz ...
Beim Adventskranz erwischen wir uns schon beim ersten Irrtum. In meiner eigenen Kindheit galt er hierzulande

noch als heidnisch-protestantischer Brauch, der in einem christkatholischen Haus nichts zu suchen hatte. Wenn wir aber ganz zurückgehen, in die alte Zeit, die so gut gewesen sein soll und schauen, was da staad gewesen ist, dann war's bestimmt nicht die Arbeit, die weniger war in diesen Wochen sondern die Freude.

Da hat also zuerst einmal die heilige Katharina den Tanz eingestellt. Aber nicht nur das: Vom Tag nach Kathrein an, also ab 26. November waren alle Lustbarkeiten untersagt. Nur noch in ganz dringenden Ausnahmefällen und nach bischöflicher Dispens durfte geheiratet werden; dabei mußte es aber ohne alle Hochzeitsfeierlichkeiten abgehen. Von den Kanzeln wurde zu zwei Adventsfasttagen in der Woche abgemahnt, zu Ernst und Stille in und außer den Häusern. In den Kirchen wurden die Fahnen und alle Zier entfernt, Altäre verhüllt, und zum sonntäglichen Amt spielte keine Orgel mehr – weil auch das Ohr hat fasten sollen!

Staade Zeit! Das war vor allem Verzicht, war Fasten in jeder Hinsicht. In den Stuben sollte nicht mehr gegunkelt, gesponnen werden. Es wurde nicht mehr aufgespielt und nicht mehr gesungen. Statt der beliebten Geister- und Wilderergeschichten wurden Heiligenlegenden erzählt, wie die von der heiligen Kathrein:

Sie lebte zu Alexandrien zu der Zeit als alle Länder im Römischen Reich noch heidnisch waren. Katharina aber war getauft und mit den Lehren ihrer christlichen Religion so vertraut, daß sie mit 18 Jahren im Streitgespräch fünfzig Philosophen besiegte, die ihr der Kaiser Maximus gegenübergestellt hatte. Weil aber der Kaiser von einer so klugen Jungfrau auch selber verehrt werden wollte, verlangte er, daß sie seinen Göttern opfern sollte. Als sie sich weigerte, ließ er sie auspeitschen, in den finsteren Kerker werfen und zum Tod am Rad verurteilen. Auf dem Weg zur Marter zerschlug aber ein Engel das Rad.

Dieses Rad, dieses zerbrochene Rad hat gemahnt, daß sich von Kathrein bis Weihnachten nichts mehr drehen sollte: kein Spinnrad und kein Tanz, kein Mühlrad und kein Schleifstein, ja, wer's ganz streng genommen hat, ist nicht einmal auf einen Wagen gestiegen!

Die gute alte Zeit! Wenn wir nicht bloß die Weinbeerln herausklauben möchten, dann müßten wir bis Weihnachten das Auto in der Garage und den Fernseher ausgeschaltet lassen – und vielleicht brächte uns das wirklich mehr staade Zeit! Streng genommen dürfte uns aber auch keine Stubenmusi aufspielen, und es dürfte kein Adventsingen geben.

Ob nicht auch das zum Advent gehört, daß wir mit dem zufrieden sein sollen, was wir haben? Also auch mit unserer Zeit; und daß wir nicht auch noch das dazuhaben wollen, was wir gar nicht kriegen können.

Aber dazu gehört, daß wir probieren, die Räder stille stehen zu lassen, um die sich heutzutage so viel dreht: das Geld und der Erfolg, der Besitz und die Rechthaberei und sogar wir selber; denn was sollte sich nicht alles um uns drehen?

Der Adventskranz darf uns ruhig an das Rad der heiligen Kathrein erinnern und an das, worum sich so viel dreht in der Welt.

Rezept für das rechte Sieden von Met

Man nehme 1 Liter Honig auf 4 Liter Wasser und koche bei fleißigem Abschäumen so lange, bis der Sud stark genug worden ist, daß er ein frisches Hühnerei tragen kann. Dann läßt man ihn abkühlen. Wenn er lauwarm ist, gibt man ihn so in ein reines Faß, zusammen mit ebensoviel gehopftem aber noch ungegorenem Bier als man Honig genommen hat. Das Spundloch wird ganz lose verschlossen oder nur mit einem feuchten Leinenlappen bedeckt. In gleichmäßiger Wärme von 10 bis 12 Grad Reaumur ist die Gärung nach 9 Tagen so weit vorüber, daß sie unterbrochen werden kann. Die Flüssigkeit wird jetzt auf ein anderes Faß abgezogen, welches dann fest verschlossen im Keller lagern muß.

Nach 6 Wochen wird der Met zum Zwecke der Klärung wieder auf ein anderes Faß abgezogen, das fest verspundet mindestens 3 Monate stehenbleibt.

Hierauf kann die Abfüllung auf Flaschen erfolgen. Dies ist jedoch nicht mit einem Heber zu bewerkstelligen, weil dadurch der Bodensatz aufgerührt würde. Man bohrt vielmehr mit einem Nagelbohrer ein Loch durch den Pfropfen im Boden des Fasses und steckt in das Bohrloch einen abgeschnittenen Federkiel bis durch die Hefe; so fließt der Met langsam und unaufgerührt ab, während die Hefe zurückbleibt.

Wenn die Flaschen gut verkorkt und versiegelt gelagert werden, hält der Met jahrelang. Je älter desto besser!

Andreastag

Am 30. November ist der Andreastag. Der heilige Andreas paßt so richtig an den Anfang vom Advent. Zu seinen Lebzeiten ist er von allen Heiligen der Mildtätigste gewesen. Hat er schon auf Erden keinem eine Bitte abschlagen können, dann jetzt, im Himmel, erst recht nicht. Auf die Weis ist er zu einem der zuverlässigsten Fürbitter geworden.

Freilich muß man das richtig anstellen, wenn man zu ihm kommt. Richtig, daß heißt in diesem Fall, daß man an dem Bittstellertag schon ein gutes Werk getan hat. Wem da keines einfallen sollte, der tut gut dran, schleunigst hinzugehen und eins zu vollbringen. So was läßt sich ja immer nachholen.

Daß man an seinem Namenstag besonders viel Gutes tun soll, das wird jedem einleuchten. Besonders gern sieht der heilige Andreas, wenn man dabei an die Armen denkt, in seiner Nachbarschaft oder Verwandtschaft. Und wer meint, da tät er gar niemand wissen, der kann ja sein Pakkerl zusammenrichten und irgendwo abgeben, wo Not am Mann ist. Geld tut's vielleicht schon auch, obwohl es dem Andreas schon drauf angekommen ist, daß man sich nicht einfach loskauft sondern drüber nachdenkt, was der andere am notwendigsten braucht.

Früher war zu Andreas die erste Klöpfelnacht. Das war eine Sache für Burschen und junge Mannsbilder.
Die Madeln und besonders die darunter, die schon ein wenig überständig geworden waren, die haben noch ein ganz besonderes Anliegen an den heiligen Andreas gehabt. Sie haben von seiner Mildtätigkeit erhofft, er soll ihnen halt endlich einmal einen Mann bescheren! Und die Andreasnacht war grad die richtige, daß man einmal anfragt, wie die Aussichten stehen. Dazu hat man einen Pantoffel hoch über den Kopf in die Luft geschmissen. Wenn er so gefallen ist, daß die Sohle oben war, dann hat man sich nicht viel Hoffnung machen brauchen, fürs nächste Jahr. War aber die Sohle auf dem Boden, dann hat es sich schon rentiert, daß man genauer hinschaut! Wo nämlich die Spitze hingezeigt hat, vom Pantoffel, dort, in der Richtung, war er daheim, auf den man ein Aug werfen hat müssen, in der nächsten Zeit. Wer's nicht glaubt, daß da was dran ist, kann's ja ausprobieren. So zuverlässig wie das Wochenhoroskop in der Zeitung ist's allemal!
Aber: Das gute Werk nicht vergessen! Ohne gutes Werk hebt man auch heutzutage noch nicht viel Ehr auf, beim heiligen Andreas!

Rezept für süßen Guglhupf

Rühr ein viertel Pfund Butter recht schaumig, schlag 9 Eier dazu, rühr anderthalb Vierling Mehl, eine Handvoll feinen Zucker, eine Tasse süßen Rahm und zwei Löffel voll Hefe hinein. Füll es in einen mit Butter beschmierten Model, dann laß es gehen und back es.
(1 Vierling = ein altes Viertelpfund, etwa 145 Gramm)

Advent in unserm Land

Manchmal, da moanat ma scho,
heutzutag waar's beinah so,
daß mir vor lauter pressiern,
roasen und renna und schiabn
   in unserm Land
zu gar nix mehr kömma,
uns d'Ruah selber nehma
   alle mitnand.

Wenn's uns dann des nimmer leidt,
daß mir a bißl a Zeit
aa für an andern no ham,
nacha geht bald nix mehr zamm
   in unserm Land;
weils d' ohne Ruah, ohne Rast
nix, und scho gar nix net hast
   von aranand.

Kimmt's denn da wirklich drauf o,
daß ma bloß zoagt, was ma ko?
Sollt ma net manchmal vielleicht
fragn, was der andere bräucht
   in unserm Land?
Freilich, des sell kost a Zeit!
Daß uns de allerweil reut
   für anand?

Des waar mei Wunsch zum Advent:
Wenn nacha d' Kerzen so brennt,
daß mir des finden: a Ruah
und an Frieden dazua
   in unserm Land
und daß mir Zeit
ham und a Freud
   anaranand!

Die heilige Barbara

Sie werden sich schon etwas dabei gedacht haben, die Kalenderleute, wie sie den Tag der heiligen Barbara in die Adventszeit hineingesetzt haben. Als eine von den vierzehn Nothelfern ist sie immer besonders verehrt worden, und neben der Margareta und der Katharina war sie eine von den heiligen drei Madeln:

Die Margareta mit dem Wurm,
die Barbara mit ihrem Turm,
die Katharina mit dem Radl,
das sind die drei heiligen Madl.

Am bekanntesten ist die heilige Barbara heute noch als Schutzpatronin der Bergleute und der Artilleristen. Aber auch die Baumeister und die Zimmerleute, die Dachdekker und die Steinhauer, die Gefangenen und die Festungsverteidiger, die Glöckner und sogar die Totengräber haben sie angerufen, wenn sie fürchten mußten, daß ihr Werk einfallen könnte oder daß sie bei ihrem Tun selber Schaden leiden könnten.
Die Barbara mit ihrem Turm; das ist damals in Nikomedien gewesen, als die Christenverfolgungen durchs ganze römische Weltreich befohlen waren. Nikomedien lag nicht weit von der heutigen Stadt Istanbul in der Türkei.

Dort war der Vater von Barbara, Dioskoros hat er geheißen, ein reicher, angesehener Mann. Ein Heide war er und hat gewollt, daß seine Tochter eine rechte heidnische Philosophin wird. Darum hat er ihr viel lernen lassen und darauf geschaut, daß sie den Göttern richtig dient, in den Tempeln.
Die Barbara, wie sie angefangen hat, selber über alles nachzudenken, war mit der ganzen heidnischen Philosophie nicht mehr zufrieden. Sie hat Briefe geschrieben an allerlei gelehrte Männer im ganzen Weltreich und hat ihnen ihre Zweifel auseinandergesetzt. So ein Brief ist auch an den berühmten Origines in Alexandrien gekommen. Der hat ihr die Antwort mit einem eigenen Boten übers Mittelmeer geschickt. Dieser Bote war ein christlicher Priester. Das Antwortschreiben des Origines und das, was die Barbara mit dem Priester geredet hat, haben in dem Mädchen keine Zweifel mehr gelassen: Sie hat sich von dem Priester taufen lassen und ist Christin geworden. Der Vater wollte den neuen Glauben der Tochter nicht dulden. Es hätte ihm Ansehen und Stellung kosten können, wenn die Tochter nicht mehr in die heidnischen Tempel gegangen und den Göttern gedient hätte. Weil aber all sein Reden und Drohen umsonst war, hat er seine Tochter schließlich in den Turm sperren lassen.

Sie hat ihren Glauben auch dann nicht verloren, als sie eingesperrt war, hat gebetet und ist erhört worden. Ein Engel kam zu ihr mit Brot und Wein und hat mit ihr das heilige Abendmahl gefeiert. Darum hat der Turm auf den

Heiligenbildern drei Fensterluken, durch die der dreifaltige Gott seinen Trost zu ihr geschickt hat. Darum ist sie auf andern Bildern nicht als Madl mit dem Turm sondern mit dem Kelch dargestellt. Nachdem der Engel bei der Barbara war, ist das Wunder geschehen: Der Turm ist mit einem Donnerkrachen zusammengefallen – aber Barbara kam heil aus den Trümmern heraus.
Dieses Wunder war es, was sie zur Schutzpatronin von all denen gemacht hat, die heil herauskommen möchten, aus irgendeiner Not.
Freilich hat die heilige Barbara nicht das irdische Leben gewonnen. Sie ist gefangen und zum Richtplatz gebracht worden, wo sie enthauptet werden sollte. Als der Scharfrichter mit dem Schwert das Urteil vollstreckte, fuhr ein Blitz vom Himmel, erschlug den Vater, blendete alle – und vom Leib der heiligen Barbara hat nie wieder jemand etwas gesehen.
Auch Blitz und Schwert sind der Heiligen auf den Bildern manchmal beigegeben.
Sie werden sich schon etwas dabei gedacht haben, die Kalenderleute, wie sie den Tag der heiligen Barbara in den Advent hineingesetzt haben. Wem aber selber nichts dazu einfällt, der soll wenigstens daran denken, daß der Barbaratag auch Blütenknospen sprengen kann: Kirschzweige, heute in Wasser gestellt und an einen warmen Platz gebracht, stehen genau am Weihnachtstag in ihrer vollen weißen Blütenpracht da!

Barbarazweig

Morgn gehng ma naus zu de
Kerschenbaam
Kerschenbaam
Barbaratag ist jetz bald.

D' Kerschbaam stehnga im
Holz am Roa
Holz am Roa
Holn ma uns Zweigerl vom Wald.

Steck ma s' ins stoanerne
Krüagerl nei
Krüagerl nei
des macht doch gar net viel Müah.

D' Zweigerlan stehnga auf d'
Weihnachtszeit
Weihnachtszeit
über und über voll Blüah.

Jeder woaß: Des bringt a
Glück ins Haus
Glück ins Haus
drum gehng ma außi in Wald,

Holn ma uns Zweigerl vom
Kerschenbaam
Kerschenbaam
Barbaratag is jetz bald.

Der Nikolaus

In der Schule hat uns der Herr Lehrer die schöne Geschichte vom heiligen Nikolaus erzählt. Drunten in Mara, da war der fromme Mann Bischof und hat sich besonders um die braven Kinder angenommen, die nichts dafür können haben, daß sie so arm gewesen sind. Glatt verhungert wären sie, wenn nicht immer wieder der heilige Nikolaus zu ihnen gekommen wäre und ein Sakkerl voll Zeug zum Essen gebracht hätte; Nüß und Weinbeerln und Klötzen und Äpfel und was halt sonst so wachst, da drunten, wo heute die Türkei ist.
Weil er am 6. Dezember gestorben ist, der heilige Nikolaus, anno 343, drum feiern wir da seinen Namenstag. Und das mit dem Sackerl, das er am Tag zuvor bringt, das tut man noch heute zu seinem Andenken, und da kommt der Heilige alle Jahre vom Himmel herunter. „Aber bloß zu den braven Kindern!" hat der Herr Lehrer mit drohendem Zeigefinger gesagt. Nicht daß wir uns einbilden, er tät auch denen ein Sackerl bringen, die in der Schule immer schwätzen und den Nachbar stößen und auf dem Stiegengländer runterrutschen oder keine Hausaufgaben machen! Oder die daheim der Mama nicht folgen oder sonst schlimme Sachen anstellen! Zu solchen kommt der heilige Nikolaus mit keinem Sackerl! Im Gegenteil! Für solche hat er den Krampus dabei mit der Ruten und einem großen Sack!

Wie das der Herr Lehrer erzählt hat, hab ich bei den „schlimmen Sachen“ gleich an die Erna denken müssen; wie wir das getan haben, miteinander, vor vierzehn Tagen, im Keller drunten.
Auf dem Heimweg von der Schule hat zwar der Wiggerl umeinandergeplärrt, daß das ein Schmarrn ist, mit dem Nikolaus, und daß der selber kommt. Es gibt überhaupt keinen echten, und der wo kommt, den macht bloß einer; vielleicht ein Onkel oder ein Freund vom Papa. Drum braucht man auch keine Angst haben; und wenn er einem etwas tun will, muß man halt schnell unters Kanapee nunter.
Dem Wiggerl hab ich kein Wort mehr geglaubt, seit er uns im Sommer mit dem Waibl seine Äpfel so hereingelegt hat. Da hat er nämlich gesagt, der Waibl wär fortgefahren und hat erlaubt, daß man die Jakobiäpfel aus seinem Garten holt, so viel man nur grad mag.
Wie wir aber drin waren, im Waiblgarten, da war er gar nicht fort sondern hat den Hans erwischt und recht hergefotzt. Aber der Wiggerl war schon bei einer Zaunlukken draußen, und ich hab mir die Hosen zerrissen.
So einer war der Wiggerl! Und jetzt auf dem Heimweg von der Schul hat er ganz lange Schritte gemacht und lauter so Verserl hergesagt:

Nikalos,
bring ma wos!
Äpfel oder Birn
sonst hau i di aufs Hirn!

Dann hat er den Krampus nachgemacht, den Klaubauf. Und er hat erzählt, wie bei dem alles schwarz ist, sogar das Gesicht, und wie er mit seinem Hacklstecken umeinanderfuchtelt und eine Kuhketten um den Bauch hat und einen Kaiblstrick. Und wie er mit der Ruten umeinanderfetzt und wie er ihn einmal in den großen Sack stecken hätt wollen.
Das hab ich dem Wiggerl auch nicht geglaubt. Aber ich hab an die Erna gedacht und wie's da finster war, hinten im Keller, daß wir eine ganze Zeitlang gebraucht haben, bis wir etwas sehen haben können. Und weil mir das alles wieder so eingefallen ist, hab ich gar nicht lachen müssen, wie der Wiggerl vorgemacht hat, was er dem Klaubauf alles nachplärrt, heut nacht:

Klaubauf!
Heb d' Haxen auf!
Schaug aufn Weg,
sonst fliagst in'n Dreck!

oder:

Krampus!
Schlampampus!
Sackl mi ei,
na ghör i dei!

Wie ich heimgekommen bin, hab ich die Red auf den Nikolaus gebracht und meine Mama gefragt, ob der wirklich alles weiß, was die Kinder getan haben oder bloß das, was ihm die Eltern vielleicht geschrieben haben. Das war deswegen wichtig, weil mir die Erna bei Ehr und Seligkeit versprochen hat, daß sie niemand etwas gesagt hat. Und ich hab auch nichts gesagt. Und ich hab gemeint, daß ich mir das nicht recht vorstellen kann, woher der Nikolaus alles weiß, bei so viel Kindern. Wie ich so herumgedruckt hab, hat meine Mama auf einmal wissen wollen: „Warum? Hast vielleicht was auf dem Gewissen, das der Nikolaus nicht wissen sollt?“ Da hab ich schnell gesagt: „Mei, i hab bloß gmoant, weil mir halt in der Schul davon glernt ham!“ und hab mich verdruckt.

Am Nachmittag hab ich den Wasti zum Schlitten fahren abgeholt. Wie wir zum Eselsberg hinaus sind, hat er mir erzählt, daß zu ihm ganz gewiß bloß der Heilige kommt, ohne Krampus. Das hat ihm seine Mama versprochen. Und er darf ein Lied vorsingen und das Vaterunser aufsagen, und dann kriegt er sein Sackerl, in dem vielleicht sogar Mandeln drin sind. Der Wasti war ein Mamabuberl; bei dem hat das schon sein können. Außerdem war der Wasti nicht mit der Erna im Keller drunten gewesen. Das hätt man sich bei dem gar nicht vorstellen können, daß er so was tut, auch dann nicht, wenn die Erna sagt: „Des siehgt ja niemand!“

Die Erna war auch am Eselsberg, und wie wir einmal beim Schlitten raufziehen allein waren, hab ich sie gefragt: „Wenn jetz der Nikolaus heut nacht zerst zu dir kimmt, bevor daß er bei mir war, und er fragt di, obs d' du was ogstellt hast, taats d' eahm du dann des erzähln, vom Keller?“ Da is sie rot worn und hat gsagt: „Drei Finger aufs Herz! I sag ganz gwiß nix! Aber du derfst aa nix sagn!“ Also hab ich auch Drei-Finger-aufs-Herz gemacht.

Auf dem Heimweg aber, da hat es der Erna auch keine Ruh mehr gelassen und drum hat sie wissen wollen: „Wenn jetz aber der Nikolaus hergeht und fragt di gradraus: „Wie war das im Keller? Was hast du da gemacht? Was tuast d' dann, ha?" – Wir sind ziemlich ratlos gewesen und haben gemeint, daß man dann eigentlich bloß noch drauf warten kann, was passiert.

Wie es am Abend dunkel geworden ist, hab ich auf jeden Laut gehört, der draußen auf der Straße war und auf jeden Schritt gehorcht, im Treppenhaus. Einmal sind ein paar mit genagelten Stiefeln am Haus vorbeigelaufen; dann hat ganz weit weg ein Hund gebellt, und ich hab gehofft: Vielleicht ist er jetzt grad dort, der Nikolaus. Es hat auch eine Kuhglocke gescheppert, auf der Straße und eine Kette gerasselt. Dann war auf einmal ein Mordsgeschrei und gleich drauf wieder Totenstille. Ich bin dagesessen, mit dem Baukasten vor mir und hab nicht spielen wollen sondern bloß immer drüber nachdenken müssen, was für eine Antwort ich geben soll, wenn er mich fragt, mit seiner tiefen Brummstimme: „Und im Keller? Was hast du da gemacht?"

Ich hätte sagen können, daß ich gar nichts dafür kann, weil die Erna angefangen hat. Aber das wäre feig gewesen. Meine Mama hat natürlich bald gespannt, daß da irgendwas nicht ganz stimmt, mit mir: „A ganz a guats Gwissen hast ja heuer scheinbar net?" Da wäre ich am liebsten mit allem herausgerückt; weil, wenn's die Mama weiß, könnte sie mich vielleicht vor dem Nikolaus in Schutz nehmen, wenn's drum und drauf ankommt! Aber da waren meine Drei-Finger-aufs-Herz, vor anderthalb Stund noch,

draußen am Eselsberg, und wenn der Nikolaus wirklich alles weiß, dann kann man sowieso nichts machen. Das einzige, was vielleicht noch helfen hat können, das war daß ich mir vorgenommen hab: „Wenn's nicht aufkommt, beim Nikolaus, dann will ich's ganz gewiß nimmer tun!“
Da ist dann wenigstens der Papa heimgekommen, und ich hab mir gesagt: Der hat so viel Kraft, daß er mir schon helfen kann, wenn's ganz dick kommt, beim Nikolaus. Er hat sich ganz ruhig hingesetzt, wie wenn das gar nichts besonderes wär, an so einem Tag. Die Mama hat Strümpf gestopft, und ich hab ihr ganz brav geholfen dabei: die zusammenpassenden Paar aus dem Flickkörberl herausgesucht, dann die passende Woll eingefädelt und sogar das Stopfei hineingeschoben. „Bist aber brav heut!“ hat sie gesagt.
In dem Moment hat es angefangen, daß ganz langsam und schwer Schritte heraufgekommen sind, draußen, auf den Stiegen, bis zu unserer Tür her, dann hat es gerumpelt und geschrien: „Aufmachen, der Nikolaus ist da!“ Das Herz hat mir bis zum Hals rauf geschlagen, wie mein Papa aufgestanden ist und gesagt hat: „Hoi, hoi! Des is ja heuer ganz a wilder!“ Er hat aber dann noch in aller Seelenruhe die Zeitung zusammengelegt, bevor er an die Tür gegangen ist.
„Grüß Gott, Herr Nikolaus!“ hab ich gehört. Das andere hab ich nicht verstanden, bis er dann zum Schluß gesagt hat: „Is scho recht! Is scho recht! I wer's eahm sagn! Und Dankschön halt, Herr Nikolaus, gell! Pfüa Gott!“ Damit hat er die Tür zugemacht, mein Papa. Mit einem Sackerl

ist er hereingekommen und mit einer Rute, an der waren aber Schokoladringerl dran. „Jetz hat's dem so pressiert, dem Nikolaus, daß er net amal Zeit ghabt hat, zum Reikömma! D' Ruaten laßt er da, hat er gsagt, im Fall ma's amal brauchen; und des Sackerl ghört dir!" Da bin ich meinem Papa um den Hals gefallen und der Mama auch, daß gleich das Stopfei nunterkollert ist. Und wie mein Herz nimmer so gepumpert hat, hab ich mir denkt: „Mei, hoffentlich pressiert's dem bei der Erna aa so!"
Aber bei der Erna war das ganz anders.
„Wiar i vom Schlittenfahrn hoamkömma bin, hab i a so Schiß kriagt, daß i bloß no allerweil vor mi hipflennt hab. Und wenn i am Eselsberg drauß net Drei-Finger-aufs Herz gmacht hätt, dann hätt i wahrscheinlich alles meiner Mama brüahwarm erzählt. Aber a so hab i bloß allerweil an Kopf gschüttelt, wenns mi gfragt hat ob i des aufm Gwissen hab oder des. Auf des, was mir im Keller gmacht ham, auf des is sie ja net kömma. Dann is mei Pflennerei der Mama auf oamal z' dumm worn und sie hat gsagt, daß's gar koan echten Nikolaus überhaupts net gibt. Den hat bloß allerweil der Seidl gmacht, aber der kann heuer net, und drum soll i jetz mei Pflennerei aufhörn!" Und dann ist sie ins Schlafzimmer hinüber, die Mama von der Erna und hat eine Schüssel voll Sach bracht, und das war alles. Wegen so was hat man den ganzen Tag Schiß!
Der Erna hab ich das schon geglaubt, daß es keinen echten Nikolaus gibt. Die war nicht so wie der Wiggerl! Mit dem hätte man auch nicht Drei-Finger-aufs-Herz machen können.
Ein paar Tag drauf sind wir dann wieder im Keller zusam-

mengetroffen, ganz zufällig, weil wir Kartoffel raufholen haben müssen. Und da war's wieder die Erna, die angefangen hat: „Moanst net, mir kaanten's wieder toa?" Ich hab schon probiert, daß ich nicht mitmach und hab gesagt, wie ich mir ganz fest vorgenommen hab, daß ich's nie wieder tu. Das hat sie sich auch vorgenommen, hat die Erna gesagt. Aber bloß wegen dem Nikolaus haben wir uns das vorgenommen, wenn's aber gar keinen gibt, dann gilt das jetzt nicht mehr. Das war so logisch, daß ich bloß noch sagen können hab: „Mei, wenns d' moanst!"
Also sind wir wieder hintergeschlichen, in der Leni ihren Keller, wo's so schön dunkel war und haben mit den Händen herumgesucht, in der Kartoffelkiste, bis wir ein paar angefaulte gefunden haben. Die haben wir dann der Gschlachtin in den Keller geschmissen.
Die Gschlachtin hat sich recht geärgert, weil alle Leute im Haus gesagt haben: „I möcht bloß wissen, warum daß's aus der Gschlachtin ihrem Keller allerweil gar a so rausstinkt!"
Das hat aber niemand gewußt, außer der Erna und mir. Der Nikolaus, der hätte es vielleicht wissen können! Der hätt auch machen können, daß wir's nie wieder tun. Aber mei: Wenn's keinen gibt ...?
Damals war ich ja froh, daß es keinen gegeben hat. Aber heut, wenn ich mir so anschau, was die Leut alles anstellen, dann meine ich fast: Manchmal tät's nicht schaden, wenn es wirklich einen echten geben tät, einen richtigen Nikolaus, der wo alles weiß! Wenn ich die Erna wieder einmal triff, werde ich sie eigens fragen, was sie dazu meint.

Sankt Nikolaus

Hörst scho vom Hausgang draußt seine schwar'n Tritt,
hat er wohl net an Kramperl mit?
Grüaß di God, Nikolaus, kimm nur herein,
mir wolln ma ja brav allweil sein!

Er tragt a hohe Haubm und an schön' Stab,
und hat im Sack viel süße Gab.
Bet' ma und bring ma a Liadl eahm dar –
kimm, Nikolaus, wieder aufs Jahr!

Mariä Empfängnis

In der Mitte unseres fortschrittlichen Jahrhunderts ist es noch „ein halberter Feiertag“ gewesen, Mariä Empfängnis, wenigstens in den katholischen Gegenden von Bayern. Das war ein ziemliches Durcheinander: Bis zehn Uhr vormittags mußten die Läden zu bleiben, jede Arbeit, bei der es laut zuging, war im Freien verboten, und wer glaubhaft versichern konnte, daß er in die Kirche gehen wollte, der mußte dazu frei bekommen. Weil es noch Konfessionsschulen gab, durften die katholischen Kinder daheimbleiben, die protestantischen aber marschierten durch die Feiertagsruhe pflichtgemäß zur Schule. Wie gesagt: Es war „ein halberter Feiertag“.
Jetzt ist es gar keiner mehr. Der 8. Dezember ist voll und ganz „in den Adventsstress integriert“; so voll, daß viele gar nicht mehr wissen, warum überhaupt Mariä Empfängnis im Kalender steht. Dabei ist es eine so schöne Geschichte, die von den Eltern der Jungrau Maria, den Großeltern des Jesuskindes, erzählt.
Anna und Joachim haben sie geheißen. Sie waren schon ziemlich in den Jahren und hatten keine Kinder. Das war nicht bloß deswegen schlimm, weil sie gern eins gehabt hätten sondern auch darum, weil man zu jener Zeit schief angeschaut wurde von den Leuten. Es galt als Strafe Gottes, kinderlos bleiben zu müssen; und das ausgerechnet dem Joachim, der ein Priester war und der Anna, die aus dem angesehenen Geschlecht des Königs David stammte. Was mögen die auf dem Kerbholz haben, daß sie Gott so straft?

Vollends verzweifelt ist der Joachim eines Tages bei seinem Tempeldienst: Wie er sein Opfer feiern wollte, ist es von Gott nicht angenommen worden! Das hat ihn so verschmacht, daß er nicht wieder heimgegangen ist, zu seiner Frau Anna. Er ist zu seinen Viehherden hinaus, ein ganzes Stück weit weg und hat sich dort bei seinen Hirten vor der Welt verstecken wollen.

Es ist dem Joachim aber ein Engel erschienen und hat ihm gesagt, er soll nicht meinen, daß es davon besser wird, wenn man alles hinschmeißt. Vielmehr soll er schleunigst schauen, daß er sich auf den Weg macht, heim zu seiner Anna.

Die Anna wiederum, die hat daheim ein Vogelnest gefunden mit Jungen drin, und die Alten haben sich nicht mehr um ihre Brut gekümmert. Da hat sie dann gemeint, es gäbe nichts wichtigeres mehr für sie, als sich drum anzunehmen. „Hab' ich wenigstens auch einmal was Kleines zum Aufziehen", mag sie sich gedacht haben. Wie sie grad so dabei ist, ein richtiges Vogelmutterl zu werden, da erscheint auch der Anna ein Engel und sagt ihr, sie soll jetzt nicht ihre ganze Liebe an dieses Viehzeug hängen sondern lieber ihrem Mann entgegengehen, das wäre wichtiger. Sie könnte ihm begegnen, weil er gerade auf dem Heimweg von seinen Viehherden ist.

Weil sie beide, der Joachim und die Anna, auf den Engel gehört haben, sind sie sich an der Goldenen Pforte begegnet. Das haben viele Künstler dargestellt, wie sie sich dort freudig umarmen, und wir können solche Bilder in mancher Kirche anschauen. Aus dieser Begegnung aber ist ein Kind geboren worden, und das wurde die Jungfrau Maria.

Als Mariä Empfängnis noch ein ganzer Feiertag war, hat man Küchel gebacken, die ausgeschaut haben wie ein Vogelnest. Auch Mannderln hat man gebacken, aus Hefenteig mit Weinbeerln drin, die haben den heiligen Joachim darstellen sollen. Abends hat es eine Schüssel voll Milch dazu gegeben, in die hat man eingetaucht. Das wäre, hat es geheißen, grad das richtige Essen für eine Frau, die in die Hoffnung gekommen ist – wie einst die heilige Mutter Anna.

„Kultessen“ sagen wir heute zu so einem Brauch; und es hört sich fast ein wenig verächtlich an. Aber immerhin: Man hat sich früher mehr gedacht bei dem, was man getan hat; wenn's vielleicht auch verkehrt war, was man gedacht hat. Heute denken wir weniger und tun dafür mehr. Aber wer sagt uns, daß dies nicht auch verkehrt ist?

Einen Engel bräuchten wir, wie die heilige Anna und der heilige Joachim; vielleicht tät er uns zu der Goldenen Pforte schicken, durch die wir zu dem Kind im Stall von Bethlehem kämen.

Einen Engel? Ob es bei der Anna und dem Joachim ein leibhaftiger Engel war oder bloß eine innere Stimme, das läßt sich nicht mit Gewißheit sagen. Es ist ja eine Legende; und Legenden werden eigentlich bloß erzählt, daß alle, die mögen, was für sich draus lernen können.

Kirchenturm

Hab a greans Häuberl auf,
's Gwand is von Stoa;
regnts mi o, schneibts ma drauf,
mir kann's nix toa!
Wenn aa der Wind manchmal
arg umawaht,
i kann's derwarten,
bis daß er sich draht!

Hab a paar Zoager, de
drahn sich net gschwind
trotzdem tuat d' Zeit vergeh
grad wia der Wind.
Laß dir vom Wind du
dei Zeit net forttrag;
gscheiter, du woaßt as,
wiaviel's dir hat gschlagn!

Hab aa an Glockenschlag,
den hört ma weit;
ob i was Guats osag
oder a Leid!
Aber der Glockenschlag
is bald verwaht;
du muaßt scho glei drauf hörn,
sonst is's leicht z'spaat!

Siehgst, i trotz jedem Sturm,
mir kann's nix toa;
Du – bist koa Kirchenturm,
bist net von Stoa!
I zoag an Himmel nauf,
bleib aber steh,
kann dir an Weg bloß zoagn;
Du muaßtn geh!

Das Engelamt

Noch im vorigen Jahrhundert wurde Mariä Empfängnis als hoher Feiertag begangen. In der frühen Morgenstunde, zwischen vier und sechs Uhr hielt man das erste Engelamt im Advent: eine gesungene Messe bei möglichst hellem Kerzenschein.

An den folgenden Adventsonntagen wurden die Engelämter wiederholt. In manchen Kirchen hatten dabei die „Eheleute“ und die „Jünglinge und Jungfrauen“ ihre eigenen Messen. Bei der Abkündigung wurde streng darauf geachtet, daß der Pfarrer nicht einfach „Verheiratete“ und „Ledige“ einlud. Das war wichtig; denn wenn in der hergebracht richtigen Form abgekündigt wurde, gab es Leute, die weder für das eine noch für das andere Engelamt würdig waren!

Engelämter waren außerordentlich beliebt. In vielen Orten waren dafür eigene Stiftungen errichtet worden. Es hat nämlich allerhand Geld gekostet. Leoprechting erzählt aus dem Lechrain, daß man allein auf dem Hochaltar sechzig echte Wachskerzen brennen haben wollte.

Ein helles Licht
kommt da herein
und gibt der Welt
ein neuen Schein!

Das Kletzenbrot und der heilige Lazarus

Man weiß nicht mehr recht, wer es wirklich gewesen ist. Die einen sagen, es war der Abt von Ebersberg, andre meinen, es müßte der Propst von Rottenbuch gewesen sein, es gibt auch solche, die alles gar dem Erzbischof von Salzburg zuschreiben. Ich halte es nicht für ausgeschlossen, daß es jeder von den Dreien hätte sein können und vielleicht sogar noch ein paar andere dazu. Wer schon ein richtig gutes Kletzenbrot gegessen hat, der wird wissen auf was für Gedanken einen das bringen kann.

Ich meine jetzt nicht so ein Allerweltskletzenbrot – und das war ja auch der springende Punkt bei den Prälaten, die immer schon in dem Geruch gestanden sind, nicht gerade Kostverächter gewesen zu sein. Jetzt war aber damals – schon lange vor der Säkularisation – damals war also der Advent eine Fastenzeit, muß man wissen. Weil aber im Kletzenbrot überhaupt nichts drin war, das auch bloß mit einer Messerspitz voll gegen das Fastenverbot verstoßen hätte, drum war sein Genuß nicht bloß erlaubt sondern beinahe Bestandteil einer besonderen Enthaltsamkeit. Ein Opfer, wenn man so will, ein Kultbrot schon von der Heidenzeit her, das sich aber demütig in die christlichen Gebräuche einbauen hat lassen.

Ich muß das alles erzählen, um den nicht mehr sicher bekannten Prälaten von vorneherein aus dem Verdacht freizuhalten, er hätte sich auch nur im geringsten ein läßlichsündhaftes Tun zuschulden kommen lassen. Außerdem war der Erlaß ja mit der Absicht eines guten Werkes verbunden. Daß es unter den Untertanen dann Zeter und beinahe Mordio gegeben hätte, das ist ein anderes Paar Stiefel.

Zunächst einmal haben sie alle miteinander gejubelt, wie der Herr Prälat verkündigen hat lassen, das war so um den Andreastag herum, daß er auch heuer huldvollst am Tag vor dem heiligen Nikolaus die ihm zugedachten Kletzenbrotlaibe in Empfang nehmen will. Aber in besonderer Gunst hat er sich entschlossen, heuer demjenigen Bauern in seiner Hofmark, dessen Hausfrau das beste Kletzenbrot backt, für das kommende Jahr den Zehnten zu erlassen!

Das war also, wie gesagt, ein Jubeln und eine Freude; und ich möchte uns hören, wenn uns einer sagen tät: Steuerfreiheit für ein ganzes Jahr, und das um ein Kletzenbrot! Jeder Bauer hat sich gesagt: Wenn sie mag und wenn sie's Zeug dazu hat, dann kann sie kochen und braten und bakken wie keine andere! Und es wäre doch gelacht, wenn die Seinige nicht das beste Kletzenbrot herbrächte! So hat sich ein jeder von den hundert oder noch mehr Hofmarksbauern eingebildet, er tät im darauffolgenden Jahr keine Zehnten und Abgaben leisten müssen.

Man hat die schönsten Kletzen herausgesucht, aus dem Sackerl unter dem Dach und die dicksten Hutzelzwetschgen, ist in die Mühl gefahren wegen einem besonders feinen Roggenmehl und in die Stadt, wo es beim Kramer die ganzen Kostbarkeiten gegeben hat, die nicht in der eigenen Speiskammer gewesen sind. Seit Menschengedenken hat es in den Dörfern der Hofmark nicht mehr so gut nach Kletzenbrot gerochen wie in jenem Jahr.

Dann, am Tag vor dem heiligen Nikolaus, sind sie angerückt, mit ihren Laiben auf dem Präsentierteller. Eine jede hat scheeläugig auf das geschaut, was die anderen zusammengebacken haben und mißtrauisch auf den Bruder Küchenmeister, ob der auch alles richtig merkt und aufschreibt, von wem die einzelnen Laibe sind.

Es war nicht zu verwundern, daß es fast zwei Wochen gedauert hat, bis der Herr Prälat aus all den Kletzenbrotlaiben den besten herausgeschmeckt hat. Am Tag des heiligen Lazarus, der ja bekanntlich ein besonderer Schutzpatron der armen Leute ist, war dann die Preisverkündigung; und sie sind wieder alle dagestanden, vor dem Bruder Küchenmeister und haben die Hälse gereckt und nicht ruhig auf einem Fleck stehen können, vor lauter Aufregung. Der Herr Prälat ist in höchsteigener Person erschienen und hat sie alle miteinander gelobt, es wäre wirklich schwer gewesen zu sagen, was am besten geschmeckt hat. Und er hat den Bauern gratuliert, was für tüchtige Hausfrauen sie zu Eheweibern hätten. Was aber den Preis anbelangt, so muß da der heilige Lazarus seine Hand mit im Spiel gehabt haben, denn ausgerechnet das Weib des kleinsten und ärmsten Häuslmanns, wo man fürs ganze Jahr bloß auf Michaeli eine Suppenhenne als Zehnten abliefern muß, ausgerechnet dort haben sie das beste Kletzenbrot gebacken! Und der Häuslmann soll

dem heiligen Lazarus ja recht dankbar sein, daß er nächstes Jahr auf Michaeli seine Suppenhenne selber essen darf!
Das war der Augenblick, wo es Zeter und beinahe Mordio gegeben hätte. Kaum nämlich, daß der hohe Herr in seiner Prälatur verschwunden war, haben die Bauern auf ihre Weiber eingeschimpft, die waren auch nicht aufs Maul gefallen, und wie es in so einem Fall damals Eherecht gewesen ist, haben die Männer mit den Händen zu reden angefangen. Da hat manche Haare lassen müssen, die noch eine halbe Stunde vorher gemeint hat, ihr Kletzenbrot wäre ein Fuder Mehl, einen Ochsen und einen Ballen Leinwand wert. Es wird kaum einen Hof gegeben haben, an dem der Haussegen nicht schief gehängt wäre, an diesem Tag.
Abends in den Wirtshäusern, da sind die Männer merkwürdigerweise immer nüchterner geworden, je mehr sie getrunken haben. Sie haben ernsthaft daran gezweifelt, daß der heilige Lazarus etwas mit dem Kletzenbrot zu tun hat. Sie haben auch über ihren Grundherrn und Prälaten Gedanken geäußert, die ihm zwar zugesporchen haben, daß er sie in ihrer Bauernschlauheit übertroffen habe, aber sie haben auch ganz gewiß gewußt, daß ihnen dies ein zweitesmal nicht wieder passiert.
Der Pettschierte war letztenendes doch der Prälat: Im nächsten Jahr hat er am Vortag des heiligen Nikolaus einen gotzigen Kletzenlaib gekriegt, vom Häuslmann seinem Weib, und nicht einmal der soll noch das gewesen sein, was er im Jahr zuvor war.
Es gibt Leute, die behaupten, von der Zeit an wäre es ab-

wärts gegangen mit dem Kletzenbrot; die Hausfrauen hätten sich einfach nicht mehr so richtig ins Zeug gelegt. Aber das ist natürlich bloß so ein Gerede, wie's immer zu hören ist; nämlich, daß alles besser gewesen wäre, in der guten alten Zeit.

Wenn aber eine Hausfrau wirklich im Zweifel sein sollte, ob ihr Kletzenbrot damals mithalten hätte können: Ich tät's schon auf mich nehmen, daß ich's probier!

Rezept für das Backen von Kletzenbrot

2 1/2 Pfund Kletzen (getrocknete Birnen) wascht man zuerst warm und dann kalt, weicht sie über Nacht ein und kocht sie am andern Tag im Einweichwasser auf. Jetzt putzt man den Stiel und die Blüten weg, schneidet sie in zwei oder drei Teile und weicht sie noch einmal ein.

Nunmehr nimmt man getrocknete Zwetschgen, ungewaschen wie sie sind, tut sie zu den Kletzen in die Brühe und kocht alles miteinander weich. Dann nimmt man die Zwetschgenkerne heraus, die jetzt glatt vom Fleisch gehen.

1/4 Pfund Mandeln werden geschält und grob gehackt. 1/2 Pfund Weinbeerln und 1/2 Pfund Zibeben sowie 1 bis 2 Kranz Feigen muß man alles gut waschen, über Nacht in die Kletzenbrüh legen und am andern Tag die Feigen in Streifen schneiden. In der gleichen Nacht wird 1/2 Pfund Haselnuß in 1/2 Tasse Kirschwasser oder guten Obstler gelegt.

Am andern Morgen werden 1/2 Pfund Zitronat und 1/4 Pfund Orangeat fein gewiegt. Man gibt einen gehäuften Eßlöffel Zucker dazu oder auch etwas mehr sowie einen gestrichenen Kaffeelöffel gestoßenen Zimt, einen Messerspitz Anis und ebensoviel gestoßene Nelken. Das alles mischt man mit den Kletzen und den anderen Zutaten fest durcheinander, gibt es zu 4 bis 5 Pfund Brotteig aus gutem Roggenmehl und knetet es so lange durch, bis alles schön verteilt ist. 1/2 Pfund Brotteig walkelt man dünn aus, bestreicht ihn mit Kletzenbrüh, legt den Kletzenteig darauf, drückt ihn fest zusammen und gibt ihm eine schöne Laibform. Jetzt wickelt man den ausgewalkelten Brotteig herum, daß nichts mehr herausschaut und drückt noch einmal fest zusammen. Darauf stupft man mit einer Stricknadel in den Teig, bestreicht ihn mit Kletzenbrüh und wiederholt das mehrmals, aber immer erst dann, wenn die Brüh eingetrocknet ist. Den Laib stellt man jetzt an einen schon warmen Platz, wo kein Zug hinkommt, daß er aufgehen kann.

Den aufgegangenen Laib schießt man in den Backofen. Gleich, wenn man ihn herausnimmt, wird der heiße Laib nochmal mit Kletzenbrüh bestrichen; das gibt ihm einen schönen Glanz.

Wo kein Backofen ist, kann man auch ein Blech mit Mehl bestäuben und im Rohr backen. Dabei muß man aber die Laibe kleiner halten und braucht bei mittlerer Hitze eine gute Stunde lang.

Von den Klopfern und den Klöpfelliedern

Sie haben einmal eine große Rolle gespielt, im vorweihnachtlichen Leben, die Klopfer oder Klöpfelleut. Geblieben sind nur Sprüche und Lieder:

Wir ziehen daher, so spät in der Nacht,
weil heut ist die heilige Klöpfelsnacht!
Wir wünschen dem Bauern an goldenen Wagn,
und d' Bäuerin soll er an'n Himmel nauftragn!
Wir hörn ja de Schüssel scho außaklinga,
jetz werd uns de Bäurin scho Kletzen bringa!

Der Brauch des Klöpfelns ist uralt. Es gibt Sprüche, die führen in die vorchristliche Zeit, in der Wotan und seine Wilde Jagd, alle die Luftgeister und Donar mit seinen Geißböcken durch die Luft gebraust sind. Vom Gott Donar haben die Donnerstage noch heute ihre Namen. An den drei Donnerstagen vor Weihnachten hatten die Klopfer ihre Freinächte.

Heila, Heila Klöpflasnacht,
unser Goaß hat Böckerl bracht,
's Böckerl hat sich draht
und di an Grabn neigwaht!

Das klingt zwar recht lustig, aber es war eine Drohung: Wer sich der Wilden Jagd nicht dienstfertig zeigte, der wurde bestraft; wer ihr Gutes tat, wurde belohnt. Davon erzählen viele alte Sagen; um das ging es auch bei den Klopfern. Es waren die Armen im Land, die von Wotan und Donar Recht und Auftrag hatten, die Reichen heimzusuchen und auf deren Freigebigkeit zu pochen.
Es ging im Grunde genommen ums gleiche wie heute auch noch in der vorweihnachtlichen Zeit: ums Wünschen und Schenken. Allerdings hatten die Klopfer – stellvertretend für die Wilde Jagd – handfeste Drohungen bereit, falls sie abgewiesen wurden:

Klopfer kimmt, wollts eahm nix gebn,
wer i 's Haus auf d' Seiten hebn!
D' Henna wer i all derschlagn,
an Gockel ausm Hof nausjagn!

Für die Armen im Land war das Klöpfeln eine bittere Notwendigkeit. Es hat etwas einbringen müssen. Von dem, was sie eingesackelt haben, mußten sie selber ein paar Wochen lang leben, dazu vielleicht ein paar kränkliche Alte und eine Stube voll Kinder. Aberglaube und Nächstenliebe sind ihnen beiseite gestanden. Sei's aus Angst vor der Rache der Wilden Jagd oder aus Furcht vor den Folgen sündhafter Hartherzigkeit, es hat kaum einen Hof gegeben, in dem man sich getraut hätte, die Klopfer abzuweisen. Genommen wurde alles:

Äpfel, Zelten, Mehl und Brot
gebts uns raus, dann hat's koa Not!

Oft und oft hat eine strenge weltliche Obrigkeit die Klöpfelfuhr abschaffen wollen. Die Not kannte kein Gebot. Und die kirchlichen Obern haben es gut sein lassen, vorausgesetzt, es ging nicht gar zu heidnisch her, mit den Sprücheln und Liedern. Ein bißchen Demut gehörte allerweil zum christlichen Leben, ein paar Heilige konnten nie schaden, und man wird wohl auch mit solchen Sprücherln zu seinem Sach gekommen sein:

Bäuerin, i bitt gar schö,
laßts mi net von danna geh!
A Küachl und an Zelten,
der Peter werd's vergelten,
der Peter is a guater Mo,
der wo all Ding vergelten ko!

Erst mit dem Minister Montgelas ist den Klopfern das Handwerk gelegt worden. Erfolgreich war das Verbot nicht allein wegen der Polizeigewalt, die dahinterstand.

In den Gemeinden mußte eine öffentliche Armenfürsorge eingerichtet werden. Den Armen konnte gesagt werden, daß sie nicht mehr auf den Bettel angewiesen sind. Die Besitzenden konnten ruhigen Gewissens sagen: Wir zahlen in die Armenkasse und brauchen darum nicht auch noch den Klopfern geben. Probiert wurde es trotzdem noch; davon erzählt der Vers:

Mir san halt frische Klöpflleut,
des sehchts uns o am Gwand;
mir scheuchen aa koa Obrigkeit,
durchstroafen 's ganze Land.
Wenn uns der große Mann nix gaab,
verwerf ma unsre Klöpfelstaab,
es tragt ja so von Haus zu Haus
koa Glaserl Branntwein aus!

Es muß manchmal recht hart gewesen sein, sich von dem uralten Brauch trennen zu können:

Zum Klöpfeln san ma ganga,
mir warn ma unser drei,
mir zwoa und de schwarz Lisel
und d'Fratzen aa dabei
des Jahr.

Mir san zu net viel kömma,
des hat uns arg verschmacht,
und wann ma aa brav oklopft ham,
de Bauern ham nix bracht
des Jahr.

De oan mit lange Stecken,
a Toal gar mit der Büchs,
so ham sie uns verschiechen:
„Mitm Klöpfeln da is nix
des Jahr!“

Des werns scho no bereuen,
daß's uns gar nix mehr gebn!
D' schwarz Lisel hat's eah gwunschen,
daß d'Henna nix mehr legn,
des Jahr!

Wenn's auch schwer gewesen sein mag, mit dem Klöpfeln aufzuhören, zuletzt ist es doch bloß noch ein Bubenspiel geworden. Die Schulbuben haben – nach heidnischem Brauch – erst mit der einbrechenden Dunkelheit anfangen dürfen und – nach christlichem Brauch – beim Gebetläuten heimsausen müssen, um wenigstens noch bei den letzten Glockenschlägen vor dem Kreuz im Herrgottswinkel knieen zu können. Um Kletzen ist es gegangen, das waren gedörrte Birnen, um Zwetschgen und um Zelten, Weihnachtsplatzerln. Und wer da zwischen Dämmerung und Gebetläuten zu seinem Sach kommen hat wollen, der hat schon die Füß über die Achsel nehmen müssen. Davon ist die Redensart gekommen:

Der laaft wiar a Klopfer!

Der Vers, der am Anfang dieser Geschichte steht

Wir wünschen dem Bauern an goldenen Wagn,
da kann er sei Bäurin an Himmel nauftragn!

Dieser Vers hat mit dem Tod der Bäuerin überhaupt nichts zu tun. Im Gegenteil: Der Himmel, von dem da die Rede ist, war das Himmelbett! Aber das hat jetzt mit dem Klöpfeln eigentlich nichts mehr zu tun. Immerhin waren die Danksagungen einfallsreicher und die Wünsche persönlicher als heute bei uns, die rechte Klopfer nach empfangenen Gaben gesungen haben:

Mir wünschen der Bäurin beim Kochen viel Freud,
und daß s' am Bauern net d' Suppen umkeit,
und daß s' beim Kosten an Schmeck net verbrennt,
und daß ma aa ihrer Arbat derkennt. ...

Ob es nicht gerade das ist, was uns heute abgeht: das direkte, das persönliche Helfen und der entsprechende Dank? Die Hungergebiete der Dritten Welt sind so weit; die Klopfer aber sind leibhaftig vor der Haustüre gestanden.
Es hat alles seine zwei Seiten, wie die Bräuche selber: Da hat es auch gute und schlechte gegeben. Wozu wir das Klöpfeln zählen sollen, das ist gar nicht so einfach zu sagen.

Zutaten für den sächsischen Weihnachtsstollen

6 Pfund Mehl, 5 Pfund Zucker, 1 1/2 Pfund Butter, 3/4 Pfund Butterschmalz, 3/4 Pfund süße Mandeln und etliche bittere, 2 Pfund gute Rosinen, 3/4 Pfund Zitronat, 1 abgeriebene Zitronenschale. 1/2 Pfund Hefe und Milch. Diese Masse ergibt 3 Stollen.

Rezept zum Backen von Ofenküchel

Nimm einen Schoppen Milch und 1/2 Pfund Zucker und siede es miteinander. Gib es in eine Schüssel, schlage nach und nach 13 Eier drein, die aber vorher ein wenig in warmes Wasser gelegt werden müssen und verrühre sie beiläufig mit Mehl, so viel es annimmt. Salz kommt dazu, was man zwischen zwei Finger bringt und Zucker je nach dem, wie süß man's mag.

Ein Backblech bestreue mit Mehl und setz den Teig löffelweise drauf. Schäle jetzt Mandeln ab, stoße sie nicht zu fein und laß sie trocknen. Dann stoße Kandiszucker zu feinem Pulver, misch ihn mit den Mandeln durcheinander und bestreue die Teigkücheln damit. Zum Schluß gibt man noch auf jedes Küchel von den eingemachten Hollerbeeren so viel, wie eine Haselnuß groß ist. Wer keinen Holler mag, kann auch eine große Weinbeere drauftun.

Laß es bei nicht zu großer Hitze schön gelb backen. Man kann die Ofenküchel warm oder kalt auftragen.

Thomasnacht

Frührer ham auf d' Thomasnacht
des de meisten Madln gmacht:
z'erst an Strohsack aufihupfen,
dann as nachad Fuaßerl lupfen,
fest den Strohsack treten
und zum Thomas beten:
Strohsack, i tritt di!
Sankt Thomas i bitt di,
laß mir heut nacht erschein'
den Allerliebsten mein!
Jetzad koa Wörterl mehr tuscheln,
schnell aufn Strohsack naufkuscheln
und – hat der heilige Thomas mögn,
dann hat ma'n in der Nacht drauf gsehng
– im Traum natürlich bloß! – den Mo,
den wo ma scho bald heira'n ko.

Der heilige Thomas is aa schon
die längste Zeit jetzt in Pension.
Es gibt aa koane Strohsäck mehr.
Und schaugt amal koa Mannsbild her,
dann suacht ma in der Zeitung gchwind,
ob sich net eppas für oan findt:

  Akad Anf 30 Vorn Hans
  sportl groß unabh mod Ans
  Nichtr Porsche FKK
  Zuchr Chiffr LMA

Heiliger Thomas, i moanat fast:
Des, wo du im Traum zoagt hast
war aa net viel mehr Aberglaubn!
Bloß hast du d' Leut aa unter d' Haubn
und net bloß aufn Strohsack bracht
mit deiner Lostag-Thomasnacht.

Rezept für eine Punschessenz

Weil es keinen guten Punsch gibt, wenn man die Essenz erst am Tage der Zubereitung ansetzt, wird sich die fürsorgliche Hausfrau für die kommenden Feiertage einen entsprechenden Vorrat davon anlegen.
Von 2 Orangen und 2 Zitronen wird der Saft ausgedrückt; die Schalen davon werden recht dünn abgeschnitten und in kleine Stückchen zerwiegt. 1/2 Quentchen Zimmet, 1/4 Quentchen Nelken, 1/2 Quentchen Vanille übergießt man mit 1/2 Flasche Arrak, gibt den Saft der Früchte dazu und bröselt die zerriebenen Schalen bei. In einem luftdicht zugebundenen Glase läßt man die Essenz mindestens 3, besser 4 Tage stehen und filtert sie dann durch eine Leinwand behutsam ab. In einer gut verschlossenen Flasche ist sie gut über die Feiertage haltbar.
Zur Zubereitung des Punsches nimmt man davon 1/8 Liter, gibt 1/2 Liter Wasser, 1/2 Liter guten Rotwein, 1 Pfund Zucker und 1/4 Flasche Arrak dazu und stelle das ganze aufs Feuer ohne gar zu große Hitze, weil es zwar heiß werden muß, aber auf gar keinen Fall zum Sieden kommen darf.
(1 Quentchen ist 1/4 Loth; 1 Loth ist 1/32 von einem Pfund; demnach ist ein Quentchen etwa 4 Gramm und entspricht ungefähr einem gestrichenen Kaffeelöffel voll.)

Christbaam schneiden

Wer n'an kennt, an Plonner Nazi,
woaß: Des is a alter Baazi!

Jetz geht er auf Sankt Thomas halt
mit aram Hackl in sein Wald
um aran schöna Tannabaam.

De reun n'an aber allezamm,
drum schleicht er sich zum Nachbarn num
und tuat sich drent sein Christbaam um.

Sein Nachbar aber is der Glas
und aa koa heueriger Haas.

Braucht aaran Baam, und eahn reuns aa,
drum schneidt er sein beim Plonner a.
Und aufm Hoamweg treffens zamm.

Wia sie sich so ogschaugt ham,
freut sich a jeder; deszweng grad,
weil er den andern bratzelt hat.

Ein Geschenk für die Tante Clara

Das wäre alles viel einfacher, mit Weihnachten, wenn nicht das Geschenk für die Tante Clara wäre! Voriges Jahr haben wir ihr einen Geschenkgutschein auf den Gabentisch gelegt, für einen Ausflug zur Wildfütterung. Weil aber so viele Kurven waren, ist ihr schon beim Hinfahren schlecht geworden und sie hat uns die Meinung gesagt: „So a Schmarrngschenk kann aa bloß euch einfalln! Wo jeder woaß, daß i's Autofahrn net vertrag!" Vor zwei Jahren hatten wir ihr einen Warengutschein geschenkt. Das war auch nichts: „Wenn i euch net amal mehr des wert bin, daß d's euch a Stund Zeit nehmts, für mei Gschenk, dann pfeif i scho glei liaber ganz drauf!" Also: Mit aram Gutschein trauen wir uns heuer gar nicht kommen. Das Schwierige bei der Tante Clara ist ja überhaupt, daß sie gradraus sagt, was sie denkt. Andern Leuten gefällt ihr Weihnachtsgeschenk auch nicht. Aber die lassen sich's nicht anmerken. Bei denen ist es einfach. Aber bei der Tante Clara kann man sich die Zähne ausbeißen.

Drum geht jedenTag beim Abendessen die gleiche Leier los: „Jetz wiß ma allerweil no net, was mir der Tante Clara auf Weihnachten schenken!" Ein Buch? Das haben wir ihr schon so oft geschenkt, daß sie ein ganzes Jahr lang genug zu lesen hätte, wenn sie endlich einmal damit anfangen tät. Lesen mag sie nicht. Kerzen kann sie nicht leiden: „De erinnern mi allerweil an mei eigene Beerdigung!" Schallplatten haben gar keinen Sinn, weil sie so unmusikalisch ist wie eine Schildkröte. Vor drei Jahren oder vor vier haben wir ihr einen Schmuck geschenkt, von dem sie sogar geglaubt hat, daß er echt ist; denn sie hat gesagt: „Gell, habts was Wertbeständiges kauft, daß was zum Erben da ist, wenn ich einmal tot bin!" Mit irgendwas zum Anziehen ihren Geschmack zu treffen, das ist völlig unmöglich. Außerdem: Sie hat ja alles, was sie braucht! Sogar einen Vogel! Für den haben wir ihr einmal einen Messingkäfig geschenkt. Der steht heute noch droben, auf dem Speicher. „Der Hansi hat nicht umziagn mögen!" hat sie gesagt.

Überhaupt tät sie mehr auf ideelle Geschenke wert legen, reibt sie einem bei jeder Gelegenheit unter die Nase. Was sie sich selber kaufen könnte, das braucht man ihr ja schließlich nicht zu schenken. Aber was sie unter ideellen Geschenken versteht, das kann einem ganz schön teuer kommen. Nehmen wir bloß an, ich schenke ihr das Versprechen, mit ihr jede Woche einmal Rommé oder Mensch-ärgere-dich-nicht zu spielen. Da muß ich immer Preise stiften und sie gewinnen lassen; sonst hat sie ja nichts davon. Und meine Zeit ist mir ja schließlich auch etwas wert.

Sage jetzt bloß niemand: etwas basteln! Wenn ich schon nicht weiß, was ich ihr kaufen soll, bei der Auswahl, die es heute gibt, dann wird mir ausgerechnet was zu basteln einfallen! Und kann mir vielleicht jemand sagen, wie man einen ideellen Wert bastelt?

Interessieren tät mich bloß eins: Ob es mehr Leute gibt, die eine Tante Clara haben. Und ob die auch bei jedem Abendessen darüber nachdenken, was alles zum Schenken gar nicht in Frage kommt.
Waren das noch Zeiten, wie die Sachen einfach das Christkindl gebracht hat!

Weihnachtsbrief

Liebes Christkind,
das tät ich gerne wissen, was Du Dir denkst, wenn Du jetzt in einer Stadt durch die Einkaufsstraßen fliegst. Ob Dir die Lichtreklame in Sternform gefallen tät und die Christbäume an allen Ecken und Enden und das viele Plastikgrün, das überall herumhängt. Ich tät auch gerne wissen, was Du über die Schaufenster denkst und über die abgehetzten Leute, die ganze Armvoll Pakete und Tüten zu ihren Autos schleppen. Und ob Du uns das abnehmen tätst, liebes Christkind, wenn wir sagen: Das müssen wir alles wegen Weihnachten tun, weil Du da in Bethlehem auf die Welt gekommen bist.

Wie zum letztenmal das Christkind zu mir gekommen ist

Wie ich noch klein war, haben wir Kinder an den Osterhasen geglaubt, an den Nikolaus und an den Storch. Am schönsten aber war, daß es ein Christkind gegeben hat. Es hat ein weißes Kleid angehabt, so lang, daß bloß noch die Füße herausgeschaut haben, ein silberner Gürtel lag um die Hüften, und um die Locken lag ein schmaler goldener Reifen. Das Christkind hat fliegen können, ganz ohne Flügel, einfach so. Es war ein klein bißchen größer als ich und hat beinahe alles gewußt. Beinahe! Obwohl es durch die Fenster schauen hat können, sogar wenn die Läden und die Vorhänge zu waren, alles hat es doch nicht gewußt! Ob ich zum Beispiel das Vaterunser können hab, da hat es den Nikolaus schicken müssen, dem habe ich's vorsagen dürfen. Und er hat zufrieden mit dem bärtigen Kopf genickt, wie er gemeint hat, da wird sich das Christkind freuen, wenn er's ihm erzählt. Er hat aber auch bedenklich den Kopf geschüttelt, wie er mir vorgehalten hat, daß ich immer so lang rumdreckle, wenn ich ins Bett gehen soll; und dann erst noch nicht einschlafen will sondern Theater spiele im Bett und ganze Opern singe; dafür aber in der Früh nicht aufstehen mag, wenn mich die Mutter weckt. Manchmal muß sie gleich drei- oder viermal kommen, bis sie mich rausbringt, aus den Federn. Solche Sachen wenn das Christ-

kind erfährt ...! Und das mag das Christkind auch nicht, daß ich ein Gesicht hinmache, wenn ich abtrocknen soll oder Holz und Kohlen rauftragen muß, aus dem Keller! Und auch, daß ich keinen Spinat mag, wo der doch so gesund ist! Das alles muß er dem Christkind erzählen, wenn's nicht schleunigst besser wird, mit mir. Darum habe ich dem Nikolaus in die Hand versprochen, daß ich mich recht zusammennehmen will. Darufhin hat er mit seinem bärtigen Kopf genickt und mit erhobener Stimme gesagt, er wolle dem Christkind gerne erzählen, daß ich meine Hausaufgaben sauber mache und der alten Zeitungsfrau den Gang abnehme, in den zweiten Stock hinauf und im großen und ganzen schon recht brav sei.
Wie er dann endlich fort war, der Nikolaus, habe ich mir vorgestellt, wie er vor dem Christkind steht und von mir erzählt, im Himmel droben. Es ist auf einem goldenen Stühlerl gesessen, mit seinem weißen Kleid, und ich hab bloß die Augen zumachen brauchen, dann hab ich gesehen, wie es überlegt, ob es mir jetzt einen Kaufladen bringen soll oder nicht.
Weil es mit dem Nikolaus so einigermaßen gut abgegangen war, habe ich anfangen können, mit meiner Mama drüber zu reden, was ich auf den Wunschzettel schreiben soll. Wenn ich nämlich zuerst gemeint hatte, ich bräuchte da bloß her und auf den Baum nauf, dann hat meine Mama schnell einen Riegel vorgeschoben: „Wer auf seinem Wunschzettel recht ausgschaamt is, dem bringt das Christkindl vielleicht gar nix!"
So ganz gewiß habe ich nie rausgebracht, ob ein Kaufladen ausgschaamt ist oder eine Knickerbockerhose mit

doppeltem Hintern, wie der Papa eine gehabt hat. Meistens habe ich bloß zur Antwort gekriegt: „Ja mei, i woaß's halt aa net!" Erst nach ein paar Tagen war es dann so weit, daß ich gewußt habe: Man kann die großen Wünsche schon draufschreiben, aber nicht ganz oben hin; oben soll man kleine Wünsche schreiben; dann kann sichs das Christkind allerweil noch raussuchen.
Ich habe dann ein schneeweißes Papier gekriegt und ein Linienblatt zum Drunterlegen. Mit einer neuen goldenen Hansafeder habe ich meinen Wunschzettel geschrieben, so schön, daß mir vielleicht sogar der Herr Lehrer einen Einser in Schrift drauf gegeben hätte. Am Abend habe ich den Zettel aufs Fensterbrettl nausgelegt und das Bügeleisenrutscherl draufgestellt, daß ihn der Wind nicht mitnehmen kann. Weil ihn das Christkind bloß bei solchen Kindern holt, die eingeschlafen sind, habe ich an diesem Abend nicht Theater gespielt, im Bett. Einschlafen habe ich trotzdem nicht recht können. Dafür bin ich dann in der Frühe von selber aufgewacht, weil ich nachschauen müssen hab, ob der Wunschzettel fort ist. Bloß noch das Rutscherl war da; und am Fenster ist ein Adventskalender gelehnt!
Je mehr es auf Weihnachten zugegangen ist, um so öfter ist das Christkind am Abend ums Haus rumgeflogen. Es hat halbfertige Sachen bringen müssen, bei denen es mit bestem Willen nicht mehr dazugekommen ist, daß sie's fertigmacht. Das ist kein Wunder, bei so vielen Kindern auf der ganzen Welt! Ich hab das schon eingesehen, daß mein Papa und meine Mama dabei helfen mußten. Eingesehen hab ich's schon; aber so ganz recht war's mir des-

wegen nicht, weil meine Eltern bloß abends Zeit gehabt hatten. Ich hab aus dem Grund noch früher ins Bett gehen müssen und mir dabei nicht einmal getraut, Theater zu spielen, weil doch das Christkind so oft ums Haus herumgeflogen ist. Von der Küche herüber habe ich meinen Papa hämmern und sägen gehört, es hat nach Weihnachtsplätzerl gerochen und manchmal auch nach Schreinerleim. In der Frühe war kein Stäuberl mehr zu sehen gewesen, in der Küche. Das Christkind hatte alles wieder weggeholt, in der Nacht.
Am 24. Dezember war der Tag so unheimlich lang, daß ich am Vormittag meine Mama gefragt habe, was passiert, wenn's heute überhaupt nicht Nacht wird. Die Wohnzimmertüre war zugesperrt. Die Mama hat zwischen der Hausarbeit immer wieder einmal hinein müssen und dem Christkind helfen. Wie am Nachmittag mein Papa heimgekommen ist, war er gleich eine halbe Ewigkeit lang drin.
Einmal hab ich gemeint: Jetzt ist alles aus! Das war, wie mein Papa ganz laut geschimpft hat, im Wohnzimmer. „Wenn er jetzt das Christkind geschimpft hat, dann ist alles aus!“ hab ich mir denken müssen. Aber wie er gleich darauf mit einer ganzen Kehrschaufel voller kaputter Christbaumkugeln herausgekommen ist, hat er mich beruhigt: Es war zum Glück grad nicht im Zimmer, wie das passiert ist!
In meinem Mitagessen habe ich bloß herumgestochert, beim Schlittenfahren auf dem Eselsberg war's nicht schön, und ich bin bald wieder heimgegangen. Ich hab mich vor die Uhr gesetzt und bis hundert gezählt und

dann geschaut, wie weit der große Zeiger inzwischen weitergegangen ist. Es war bloß ein ganz kleines Ruckerl. Ich habe freiwillig Kohlen für die ganzen Weihnachtsfeiertage heraufgeholt, weil ich starke Zweifel gekriegt hatte, ob mir das Christkind einen Kaufladen bringt.
Wie's schon dunkel geworden ist, hab ich den Hals waschen müssen und das Sonntagsanzügerl anziehen dürfen. Die Uhr hat ganz laut getickt und versprochen, daß es jetzt bald so weit sein wird. Mein Vater ist ins Wohnzimmer hinüber, und ich hab gewußt: Wenn jetzt dann das gläserne Glöckerl bimmelt, dann war das Christkind da! Ich bin vor dem Baum gestanden, die Kerzen waren viel heller als sie heute sind, das Engelshaar hat geschimmert und die Sternwerfer haben ihre Funken bis auf den Teppich hinuntergespritzt. „Vom Himmel hoch" habe ich mitgesungen und „Stille Nacht, heilige Nacht". Das Gesicht hatte ich dabei zum Christbaum gewendet, aber mit den Augen habe ich bei jeder Strophe mehr hinübergeschielt zu der weißen Decke mit der ein Wohnzimmerstuhl von der Lehne bis zum Boden hinunter verdeckt war. Darunter hätte mein Kaufladen sein können!
Wie die Tischdecke weg war, haben mich die roten Zichoriepackerl angelacht, Ächt Kathreiners Malzkaffee war in den Regalen, in den Schubladerln war Mehl und Zucker und Grieß, die Gewichterwaage ist auf der Ladenbudel gestanden und in der Kasse war richtiges, echtes Spielgeld drin. Den ganzen Abend habe ich gebraucht, um alles zu entdecken. Das Christkind war schon so weit fort, daß ich nicht einmal mehr an den silbernen Gürtel denken hab müssen und an das goldene Stühlerl.

Und dann ist's nie mehr gekommen, zu mir, weil ich im nächsten Jahr nicht mehr dran geglaubt hab, ans Christkind.
Da bin ich mir dann zwar recht gescheit vorgekommen und auch schon ein wenig erwachsen, aber – ich kann nicht anders sagen: So schön ist's nachher nie wieder gewesen wie damals, als ich den Kaufladen gekriegt hab; nicht einfach so sondern wirklich vom Christkind.
Wenn ich wenigstens noch an den Wunschzettel glauben könnte; dann tät ich hinaufschreiben: Ich wünsche mir, daß das Christkind noch einmal ums Haus herumfliegt.

Der 24. Dezember

Über viele Jahrhunderte hinweg war der 24. Dezember voller Glauben und Aberglauben. Wenn wir's recht überlegen, ist er's geblieben bis auf den heutigen Tag. Die Gebräuche zur Geburt des Heilands gruppieren sich mehr und mehr um die Krippe. Aus dem Lichterkult der Wintersonnwend ist unser Christbaum gekommen. Die einen Bräuche bestehen nebeneinanderher, andere haben sich vermischt.
Der Tag vor dem Heiligen Abend ist immer ein Werktag gewesen. Für die meisten ist es immer noch ein Tag, der mehr Arbeit mit sich bringt als die meisten andern. In der Küche und im Haus mußte bis zum Abend damals ebenso alles sauber und aufgeräumt sein wie heute. Damals wegen der bösen Geister und heute wegen der lieben Gäste.
Wer auf seine Gesundheit bedacht war, hat schon ein Bad genommen, als das Wasser noch im Waschkessel heiß gemacht und im Holzzuber zugerichtet wurde; man hat das vor allem den Kindern zugute getan aber auch den Dienstboten nicht verweigern können. Dann mußte die Christwurz eingebracht werden, die gegen allerlei Suchten gut war, sogar gegen die Pest. Für eine Hausfrau, die noch nicht alles gebacken hatte, was sich gehörte, wurde es allerhöchste Zeit: Hutzelbrot, Lebzelten, Marzipan, Ringbrot, Strietzel, Bretzeln und Nudeln, das waren

nicht bloß Schleckereien, das waren Kultbrote. Der Mensch brauchte sie, wenn er in die bevorstehende Winterszeit ging, für seine Gesundheit an Leib und Seele. Zum Mittagessen hat es die Milchsuppe gegeben; Brot in die heiße, gesalzene Milch geschnitten.

Nicht nur die Menschen, auch das liebe Vieh brauchte an diesem Tag seine besondere Kost. Den Hennen mußte man recht viel Körner geben, dann haben sie im Winter nicht so lang mit dem Legen ausgesetzt. Die in der Christnacht gelegten Eier sind zu Pulver verbrannt worden; damit waren kranke Augen zu heilen. Jedes Stück Vieh im Stall hat ein Stück Brot bekommen. Ochsen und Esel haben weissagen können, in dieser Nacht, wenn jemand da war, der sie dazu gebracht hat, auf den Knien zu liegen.

Wer in der Nacht gesponnen hat, dem ist das mit einer Wolle belohnt worden, in die keine Laus gegangen ist. Und wenn die Frosthexen nicht die Bäume sprengen sollten, dann mußte ein Kupferpfennig in die Stämme geschlagen werden.

Warmes Wetter tut nicht gut: Grüne Weihnachten bringen weiße Ostern; es sei denn, es wäre gleich richtig warm: Weihnachtstau gibt ein besonders fruchtbares Jahr. Überhaupt muße man am 24. Dezember aufs Wetter achten. Es war der erste von den zwölf Lostagen, von denen jeder das Wetter prophezeit, für den Monat, dem er entspricht. Was der 24. Dezember anzeigt, das bringt der Januar wieder.

Wenn alle in die Christmette gegangen sind, ist der Hausvater daheimgeblieben, um das Haus zu hüten. Er hat den Stutzen hergerichtet, damit er in die Luft schießen hat

können, wenn die Christmettenglocken geläutet haben; damit waren die bösen Geister gehindert, in Haus und Stall einzudringen.
Auf dem Weg in die Christmette kam wohl zum erstenmal Weihnachtsstimmung auf. Bescherung gab es ja keine, an diesem Tag. Das war schon zu Nikolaus geschehen. Es wäre nicht recht gewesen, zur Christmette zu fahren. Maria und Josef hatten auch keinen Wagen gehabt. Wer in seinem Kirchenstuhl war, hat ein Wachslichtl angezündet und vor sich auf das Holz gepappt. Der Pfarrer, ohne Stola und im Rauchmantel hat das nächtliche Stundengebet gefeiert. Eiskalt war es in der Kirche, und man hat gezittert an Leib und Seele. Zur gleichen Zeit hat der Hausvater Küchen und Kammern, Ställe und Scheunen mit Weihrauch durchzogen.
Benedicamus und Deo gratia.

So is des heut
in der staaden Zeit
de letzte Stund;
a heilige, a lange und
fast so, wia wenn die Ewigkeit
durch d' Kirchen zu oam eineroant:

Des, was der Herrgott dir vermoant,
des kann ma halt nacha
net lenken,
net denken,
und aa net macha!

Und was ma to hat, Tag und Nacht,
hat höchstens Unruah einibracht
in unser Lebn.
Mehr Ruah sollt ma gebn,
sonst geht die Zeit
grad so dahi
bis aus der Ewigkeit
dei Stund kimmt über di.

So legt ma sich sein Weg scho zrecht,
und wenn ma spannt,
daß ma scho wieder alles selbn toa möcht,
bringt übers Land
der erste helle Glockenschlag
de Mitternacht! An Weihnachtstag!
Friede auf Erden!
und du sollst inna werden,
daß ma zum Heiland ger net geht,
weil er auf oamal vor oam steht!

Die Zeit ist vorbei

Das wäre schön:
am Fenster zu stehn
wie einst noch als Kind
und die Flocken im Wind
helljauchzend zu grüßen
mit trippelnden Füßen
und jubelndem Schrei –
doch die Zeit ist vorbei!

Das wäre schön:
vor der Türe zu stehn
wie einst noch als Kind
und ganz geschwind
bringen Engel den Baum
und du siehst im Traum
das Christkind – juchhei! –
doch die Zeit ist vorbei!

Das wäre schön:
in die Stube zu gehn
wie einst noch als Kind
und die Lichter sind
so hell, daß sie blenden
das Glück will nicht enden
so groß es auch sei –
doch die Zeit ist vorbei!

Das wäre schön:
die Gaben zu sehn
wie einst noch als Kind
die alle wohl sind
vom Christkind gebracht
und du singst sie zur Nacht
in den Schlummer – schum schei –
doch die Zeit ist vorbei!

Das wäre schön:
vor der Krippe zu stehn
wie einst noch als Kind
und Esel und Rind
und Jesus im Stroh
sind lebendig und froh
und du: selig und frei –
doch die Zeit ist vorbei!

Das wäre schön:
Im Leben zu stehn
wie einst noch als Kind
und leise und lind
führt dich der Mutter Hand
in ein geborgen Land
von ewigem Mai –
doch die Zeit ist vorbei!

Der Weihnachtsochs

Wie er dringestanden ist, in seinem Stall von Bethlehem und den letzten Schüppel Haberstroh aufgenommen hat, aus seiner Krippe, eher bloß ein Öchserl als wie ein ausgewachsener Ochs, wie er sich schon hergerichtet hat, daß er sich niederflackt zum Wiederkäuen, da ist die Stalltüre aufgegangen. Das Mondlicht ist hereingefallen, zusammen mit einem Zug Kälte von der Nacht draußen. Der Häuslmann ist hereingekommen, dem er gehört hat, der Stall. Mit zwei fremden Leuten ist er hereingekommen und hat gesagt: „Zur Not, moan i, taat's geh. Der Ochs macht warm."

Da hat der Ochs aufs Hinlegen vergessen und hat mit seinen runden, schwarzen Augen auf das Paar Leut geglotzt und auf den Häuslmann, wie der das Stroh aufgeschüttet hat, auf dem Boden, zu einer Lagerstatt für die fremden Leut. Und wie er dann noch eine Decke gebracht hat, da haben sich die zwei hingelegt, und alles war ruhig. Jetzt hat er sich endlich hingeflackt, der Ochs und hat das Wiederkäuen angefangen. Eine Wärme ist von ihm ausgegangen, die hat allen gut getan.
Hat aber nicht lang hergehalten, mit der Ruh. Die Frau hat das Wehklagen angefangen und den Mann hat's rumgetrieben. Das war ein Hin und ein Her, bloß der Ochs ist

dageflackt, hat gekäut und geglotzt und den Stall warm gehalten.
Auf einmal hat ihn ein Schrei aufrumpeln lassen, eine Musik hat angehoben, und er hat an seiner Kette gerissen, der Ochs, so hat er sich gefürchtet. Aber dann war eine Stimme, die hat ihn wieder ruhig werden lassen, und viele, viele Stimmen haben gesungen, rund um den Stall.
Hat nicht lang gedauert, da sind die Hirten hereingekommen und haben wieder einen Schub Kälte mitgebracht. Der Ochs hat hingeglotzt, wie sie sich niedergekniet haben, die Hirten und hat wieder zu käuen angefangen. Es hat ihm nichts ausgemacht, daß jemand die Krippe genommen und das neugeborene Kindl hineingebettet hat. Und wie sie's ganz nah zu ihm hingerückt haben, wegen der Wärme, die von ihm ausgegangen ist, da hat der Ochs den Kopf herumgedreht und immerzu auf das Kindl geglotzt.
War bloß ein Ochs. Und von dem, was geschehen ist, in dieser Nacht, hat er nichts verstanden und nichts begriffen. Aber seine Wärme haben sie gebraucht, die drei in dem Stall. Und man hat vielleicht die Weihnachtsgeschichte nicht ganz verstanden, wenn man nicht an die Wärme denkt, die grad so gut dazugehört wie Maria und Josef, wie die Hirten und die Krippe und das Gloria. Sonst hätt sich der Evangelist ja auch sparen können, daß er eigens von dem Ochsen berichtet, von dem die Wärme ausgegangen ist. Ohne sie geht's halt nicht, zu Weihnachten – damals war das nicht anders als heut.

Was woaß ma scho gwiß?

I woaß net,
ob i mit numganga waar,
zu dem Stall.

Kann grad so guat sei,
daß i gsagt hätt:
Ah, was jetz!
Mitten bei der Nacht!
Sonst nix mehr!

I bin scho manchmal so:
Wenn i net mag,
nacha mag i net!

Und de andern
waarn halt dann ohne mi ganga.
Und hätten gsagt:
So is er!
Koane zehn Roß
taaten den numbringa,
wenn er net mag.

Weil i dann aber
doch nimmer eischlafen
hätt könna,
drum hätt i mi gärgert;

und mir denkt:
Da hätt i jetz grad so guat
mitgeh könna,
wenn i doch bloß
wach dalieg!
Aber nachlaafen?
Naa!
Net um alles in der Welt!

Und wenn i mir glei denkt hätt:
Muaß doch was gwesen sei,
was bsonders,
weils gar so lang ausbleibn!
Aber nachglaafen?

Da kenn i mi z'guat!

Und wias nacha
zruckkömma waarn,
da hätt i mi schlafad gstellt.
Und am andern Tag in der Fruah
hätt i to,
wia wenn nix gwesen waar.

Wenn aber de andern
d' Red draufbracht hätten,
dann hätt i höchstens gsagt:
Mir könnts an Zahn
net lang machen,
mit euerm Gschmatz!

Aber wia mi des
inwendig gwurmt hätt,
daß i net dabeigwesen bin,
des hätt i net gsagt.

I waar höchstens
grantig gwesen,
den ganzen Tag.

So epper
hätt des gwesen sein könna,
mit mir
und dem Stall
von Bethlehem.

Kann aber aa
grad so guat sei,
daß i derjenige gwesen waar,
der wo recht trieben hätt,
daß ma numgeht!

Was woaß ma scho gwiß
von oam selber?

Der Oberhirt

Sie kniageln vorm Kripperl
dort, scho de längst Zeit und
denken sich: Eigentlich waar's
jetz so weit, daß ma staad geh
kunnt, unds Kind braucht sei Ruah,
d' Muatter möcht schlafen; sie wispern sich zua:

Sagts es am Oberhirt:
Zeit waars zum Geh!
D' Muatter schlaft,
's Kind is müad,
auf soll er steh!
Sagts es am Oberhirt,
Zeit waars zum Geh!

Der Oberhirt denkt sich: Alls wart jetz auf mi;
Des hab i davo, daß i Oberhirt bi!
Wia wenn i des wissad, was sich da jetz ghört,
was Brauch is, und wia da Bhüagott gnommen werd!

Stößts'n, an Oberhirt!
Zeit waars zum Geh,
d' Muatter schlaft,
's Kind is müad,
auf soll er steh!
Stößts'n an Oberhirt,
Mir müassen geh!

Da ruckt er an Fuaß vor – und streckt si – und steht.
A jeder machts nach und – und wart, daß ma geht;
er aber tuat sich net rührn und reibn.
Mir könna doch net de ganz Nacht herinbleibn:

Oberhirt geh halt na,
geh halt na naus!
Geh halt in
Gottnama
außi vors Haus!
Oberhirt, mach jetza,
kimm, gehng ma naus!

Endlich na druckt er sich, staad und verlegn.
Draußen is's finster, fast kann ma'hn net sehng.
Sie stehnga und warten und drahdeln an Huat
und warten, was jetzad der Oberhirt tuat –

Ös Sakramenter!
Gehts nauf zu de Schaf!
Schleichts enk jetz endlich!
Des Kind braucht sein Schlaf!
Seids es zum Rumsteh da
oder für d' Schaf?

Da spannt ma halt glei, wer der Oberhirt is!
Der woaß, was zum Toa is, des is amal gwiß!
So is er, und drum hat er's aa zu was bracht.
Sie setzen an Huat auf und sagn eahm: Guat Nacht!

Wenn de Hirten

Wenn damals de Hirten von Bethlehem
epper so ungefähr unser Lebn
ghabt hätten – mit z' essen gnua,
am Feierabnd dann eahna Ruah,
an woachen Sessel, im Fernsehprogramm
an spannenden Krimi – i glaab kaam,
daß s' aus der Wärm dann in dem Fall
nüberglaafen waarn, zum Stall.

Wenn damals de Hirten von Bethlehem
epper so ungefähr unser Lebn
ghabt hätten – alls, was oam gfallt,
auf Weihnachten 's dreizehnte Monatsgehalt,
koan Bock auf nix und trotzdem voll Gier
auf des, was ma net hat – i glaab nia,
daß da der Engel in dem Fall
jemand numbracht hätt, zum Stall.

Wenn uns Weihnachten epper heut
nimmer desselbe wia früher bedeut,
liegt jetzad des an Bethlehem?
Oder liegt's an unserm Lebn?
Is's deszweng, weil koa Engel mehr kimmt
oder – weil ma sich wichtiger nimmt
als was anders? – Und in dem Fall
führt halt koa Weg mehr hi, zum Stall.

Nachtgesang

Guat Nacht mitnander,
Weiber und Mannder
schlafts guat!

Dank ma der Himmelsmacht
und was de Heilig Nacht
uns schenken tuat!

Himmlisches Kindl
in deine Windl
schlaf guat!

Schenk uns an Frieden heint
und daß der böse Feind
uns nixen tuat!

Die alte Geschichte

Nach dreißig Jahren ist er immer noch draußengestanden, auf den Viehweiden über Bethlehem. Seine Haare sind grau geworden und sein Bukkel war krumm und die Füße haben nicht mehr recht mitgetan. So ist er dagestanden, die Hände auf dem Stecken übereinandergelegt und hat hinübergeschaut zu dem Stall in Bethlehem, wo es geschehen ist, damals, in der heiligen Nacht.

Immer wieder kamen Leute, die wollten seine Geschichte hören.

„Ich bin gestanden, in der damaligen Nacht, wo ich heute stehe. Auf einmal ist ein großes Licht gewesen, am Himmel, und ein Engel ist zu uns gekommen. Da kriegten wir alle Angst. Der Engel aber hat gesagt, wir sollten uns nicht fürchten; freuen sollten wir uns, weil der Heiland geboren ist. Und er führte uns hinüber in den Stall, dort ist das Kind in der Krippe gelegen. Dann waren auf einmal viele, viele Engel da, die haben alle gesungen und Gott geehrt in der Höhe und uns gesagt, wir sollten friedlich sein, auf der Welt und so leben, wie's guten Menschen gefällt."

„Und dann, Alter, seid ihr nach Bethlehem hinüber und habt das Kind gefunden im Stall?"

„Ja, wir haben das Kind gefunden."

„Wie oft hast du das schon erzählt?"
„Ich erzähle es jedem, der zu mir kommt."
„Und haben dir alle geglaubt?"
„Geglaubt? Woher soll ich wissen, ob einer glaubt?"
Die einen sagen: eine schöne Geschichte! Vielleicht hat sie damals der Alte geträumt.
Andere sagen: Es hört sich an wie ein Märchen, da kann keiner wissen, was wahr daran ist und was nicht.
Wieder andere sagen: Wer weiß, ob der Alte die Geschichte nicht erfunden hat? Und jetzt hat er seine Freude daran, daß immer noch Leute kommen und ihn anhören.
Manche meinen: Das wäre schon recht, mit dem Frieden auf der Welt. Und sie denken drüber nach, wer diesen Frieden immer stört. Es ist aber kaum einer darunter, dem es einfällt, er könnte das selber sein.
Es gibt aber auch solche, die glauben, was der Alte erzählt.

Wenn jemand fragt, was aus diesem Heiland geworden ist, der dort geboren war, in Bethlehem, in dem Stall, dann sagt der Alte: „Er lebt noch; und wer wissen will, was er lehrt, kann es erfahren."
„Bist du schon einmal hingegangen und hast gesagt, daß du einer von den Hirten bist, der dabei war, in jener Nacht?"
„Er weiß es. Ich brauche ihm nicht zu sagen, wer ich bin. Ich bleibe hier und warte auf ihn."
„Und wenn du stirbst, Alter, bevor er kommt?"
„Dann wird wieder ein großes Licht sein, am Himmel, und ich werde Angst kriegen, aber es wird ein Engel kom-

men und mir sagen, ich bräuchte mich nicht zu fürchten und wird mich hinüberführen."
„Das glaubst du, Alter?"
„Das glaube ich."
„Und was glaubst du sonst noch?"
„Ich brauche nicht mehr zu meinem Glauben."
Die Hände übereinandergelegt schaut er hinüber zum Stall. Wer zu ihm kommt, dem erzählt er die Geschichte. Es gibt viele, die sie hören wollen. Es gibt aber auch solche, die glauben.

Hirtenliad

Mannder, habts gsehng,
was uns heut is gschehng?
Mir Hüater alloa
habn an Blick einetoa
in Himmel heut Nacht.
Und der Herrgott hat's gmacht!

Mannder habts ghört,
was uns is beschert?
Als erste ham mir
heut aufgmacht de Tür
zum Heiland auf d'Nacht.
Und der Herrgott hat's gmacht!

Die Weihnachtsgschicht wie sie der heilige Joseph erzählen kaannt

Zur Einstimmung sollte ein ruhiges Musikstück angehört werden, das keine weihnachtlichen Motive enthält. Wird die Geschichte vorgelesen, soll der Sprecher den Text ganz an seine eigene Mundartfärbung anpassen.

RUHIGES MUSIKSTÜCK

Des hört ma
allerweil wieder sagn,
heutzutag:
Ma woaß halt net recht,
was damals wirklich gwesen is,
auf Weihnachten.
Wenn i selber dabeigwesen waar,
bildt sich mancher ei,
nacha kaannt i's leichter glaabn.

Aber so?
Was woaß ma scho ganz und gar
von derer Gschicht?
Und was laßt sich an Gwißheit
derfragn?

Durch solche Reden
bin i auf den heiligen Joseph kömma
und hab nachgsuacht,
in der Heiligen Schrift,

was der epper alles
an Gwißheit ghabt hat; –
und was er erzähln hätt können,
des waar net viel mehrer gwesen
als wia des:

I hab als a Zimmermo glebt,
in Nazareth.
Des is a kloans Stadtl gwesen,
wo oans as andre kennt hat;
und d' Maria war aa dort dahoam.

Sie war a Jungfrau
aus aram guaten Haus,
mir ham uns gern gsehng
und warn miteinander verlobt.

Des waar alles recht und guat gwesen.
Auf oamal aber stellt sich dann raus,
daß sie in der Hoffnung is.
Und i, ja mei,
wia soll i des jetzt sagn? –
Des oanzige,
was i gwiß gwußt hab,
war des, daß des Kind
net von mir sei hat können.

A Engel waar dagwesen,
bei ihr, hat d' Maria erzählt;
und sie waar z'ärgst derschrocken
über des, was ihr der Engel gsagt hat.

„Erschrick nit, Maria, es gschiecht dir kein Leid.
Ich bin ja ein Engel, verkündig dir Freud:
Daß du sollst empfangen und tragen ein Sohn,
nach welchem verlangen viertausend Jahr schon."

„Wie mag das geschehen? Erkenn keinen Mann;
wollt lieber vergehen, als tragen ein Sohn.
Ich hab einst geschworen die Jungfrauschaft Gott;
bin ganz sein geboren, will's bleibn bis in Tod."

„Gott ist alles möglich, auf ihn nur vertrau!
Auch daß man dich nenne Muetter und Jungfrau.
Gleich wie die schön Blumen das Tauen benetzt,
wird Gott zu dir kommen, du bleibst unverletzt."

„Wann Gott selbst wird kommen, vom himmlischen Thron,
ein Muetter zu suchen für sein liebsten Sohn,
so wird er sie nehmen vom Königspalast;
mein Armut und Stammen taugt nit solchem Gast."

„Der Reichist von allen, der fragt nach kein Geld;
dein Schönheit und Tugend ihm also gefällt.
Tu's nur überlassen dem weisesten Gott!"
„Bin ein Dienrin des Herrn, mir gescheh nach deim Wort!"

Des war damals
aa net viel anders als wia heut:
Ma kimmt schnell ins Gred,
in so am kloana Nest.
San allerweil Leut da,
de sichs Maul zreißen über oan.

Aber von dem abgsehng:
Selber macht ma sich
scho aa seine Gedanken!

Und so hab i mir halt denkt:
Joseph, hab i mir denkt,
da kannst nix anders toa, gell,
und es werd ja schließlich aa
für Sie as beste sei,
mir gehnga wieder ausnand.
Und sie muaß halt dann schaugn,
wias zrecht kimmt, d' Maria,
alloa mit dem Kind.

Wia i des bei mir no allerweil
so hin und her überleg
und mir durch den Kopf geh laß,
wiar i ihr des am besten beibringen
sollt, der Maria,
da hab i an Traam:

Steht a Engel vor meiner und sagt:
Joeph, sagt er, Sohn Davids,
scheue dich nicht, Maria deine Frau,
zu dir zu nehmen;
denn was in ihr gezeugt ist,
das ist vom Heiligen Geist.

Sie wird einen Sohn gebären,
und du sollst ihm
den Namen Jesus geben;
denn er wird sein Volk
von allen Sünden erlösen.

So hab i traamt.
Von aram Engel, der mir des gsagt hat.

Mei, gell, ma woaß ja,
was ma unter Umständ von am Traam
z'halten hat!
Wia oft traamt ma von aram
Haufen Geld – und wennst aufwachst,
nacha is's nix!

Andererseits:
So a Traam geht oam an ganzen Tag nach.
Warum sollt er nacha
nix zum Bedeuten ham?
Mir war auf den Traam hi
auf oamal anders z'muat.

Am andern Tag bin i
zu der Maria gangen und hab gsagt:
De Sach kann jetzt sei, wias mag,
i steh zu dir, mir bleibn beinand!

Und daß s' am Gred ausm Weg geht,
is d' Maria nach Juda nauf,
zu der Elisabeth; des war ihr Bas.
Was sich dort zuatragn hat,
des hab i net mit erlebt.

Und Maria, die Jungfrau, also sagt:
„Wohl bin ich des Herrn niedrige Magd.
Doch hat er mich vor allen erkorn,
aus mir wird der Heiland geborn.“

Selig preist dich von nun an Himmel und Erd,
weil sein Erbarmen ewig währt.
Die Niedrigen hebt er empor,
doch den Stolzen verschließt er sein Ohr.

Was dem Abraham seine Verheißung war,
wird im Stalle zu Bethlehem offenbar.
Wenn die Zeit der Erwartung erfüllt,
wird das Sehnen der Väter gestillt.

So is mir de Sach erzählt worn.
I selber, wia gsagt,
i war net dabei.

San drei Monat vergangen,
d' Maria is wieder hoamkommen,
und i habs zu mir gnommen.

Bevor's dann so weit war,
mit der Niederkunft,
da macht ma uns auf oamal
a Botschaft kund vom
Landpfleger Quirinius:

Der Kaiser Augustus gebietet,
daß der ganze Erdkreis gezählt werde.
Und jedermann hat sich
in die Stadt zu begeben,
aus der sein Geschlecht stammt.

Des hat für uns bedeut:
Alles liegen und steh lassen
und auf Bethlehem geh.
Kaum warn ma dort,
is der Maria ihr Stund kommen.

Mir ham des Kind
in Windeln gwickelt
und in ara Krippen glegt
und ham uns weiter nix denkt
als wia des, daß mir eahm den Namen
Jesus gebn wern.

Laßt diese Geburt uns ein Wunderding sein!
Ein wahre Kindsmutter bleibt jungfräulich rein;
der Brautfürst ein Engel, ein himmlischer Bot,
die Braut eine Englin, das Kindlein ein Gott.

Maria die Mutter und Jesus das Kind,
ein Ochs und ein Esel ihr ganzes Gesind,
ihr Bhausung der Stall und die Krippen das Bett,
wie setzen sich Gold und das Stroh ins Gewett!

O süßester Jesu! Wie angenehm hold
vermischt sich mit Not das arabische Gold!
Du Gott wirst ein Bruder, du Herr wirst ein Knecht,
nur daß ich soll lieben dich heilig und recht.

Holdseligster Jesu, zieh ein in mein Herz!
Ich wills dir bereiten, zerknirscht und mit Schmerz.
Nimm dir statt der Krippen ein Wohnung darin!
Dir schenk ich's von Herzen zum ewigen Gwinn.

Dauert net lang,
kommen in derselbigen Nacht
etliche Hirten an d'Herberg
und fragn, ob des epper da waar,
wo der Heiland auf d' Welt kommen is.

Und wiar i frag,
wer eahna des z' wissen gmacht hat
und wia sie auf des kommen,
daß sie nach dem Kind suachen,
mitten in der Nacht,
und wers epper gschickt hat,
da erzählns,
wia sie draußen gwesen san,
bei der Nachtwach aufm Feld
bei ehnerne Herden,
da war auf amal
a Engel vor eahna da,
und sie san arg derschrocken.

Der Engel aber
hat eahna gsagt,
sie solln sich net fürchten,
weil der Heiland geborn is
und hats da hergschickt,
daß s'hn sehng.
Und dann san allerweil
mehrer Engel worn,
so vui, daß ma gmoant hat,
der Himmel selber
waar runterkommen,
auf Bethlehem her.

Der Engel hat freundlich liab geblickt,
er war eigns vom Himmel ragschickt;
sagt gschwind zu mir:
Gott ist allhier
als kleines Kind, drunten im Tal.
Gehts nur und schaugts in dem alten Stall.

Aft gehn wir und suchen glei die Leut,
erzähln einem jeden die Freud;
jetzt sind wir da,
Alleluja!
singen ein Lied, beten es an,
weil's uns von der Sünd erlösen kann.

So war des, mit de Hirten.
Und i woaß wieder bloß des,
was sie mir erzählt ham.

Mir san dann nach derer Nacht
no a ganze Weil in Bethlehem bliebn.
Ma hat ja der Maria net zuamuaten können,
daß ma sich glei wieder
aufn Hoamweg macht.

Wia's nacha bald so weit gwesen waar,
da san etliche ganz hohe Herrn daherkommen,
bis ausm Morgenland raus, eigens zu uns,
und sagen, sie hätten
an Stern aufgeh sehng.
Und derselbige Stern
hat sie da hergführt,
zum neugeborenen Heiland der Welt.

Sie san davor
in Jerusalem gwesen,
beim König Herodes in seim Palast.

Und der Herodes
hat seine Hohenpriester gfragt
und seine Schriftgelehrten,
und de ham nachgschaugt,
bei de Propheten,
in der Heiligen Schrift
und ham nix anders net sagn können
als wia des:
Der Heiland
wird in Bethlehem geboren!

Jetzt sollst du das Glück erkennen,
die Geburtsstadt selig nennen,
wo dein Gott gekehret ein.
Der Stern aus Jakob, der ist schon aufgangen,
nach dem die Propheten so herzlich verlangen;
er geht auf in Glanz und Schein.

Alle Bäume sich erschwingen,
alle Vögel fröhlich singen
und der Weinberg lieblich blüht.
Jetzt will das Lamm bei den Wölfen da wohnen;
Gott will all sündige Menschen verschonen.
Mensch, erhebe dein Gemüt!

Sie ham sich dann niederkniagelt,
de hohen Herrn, vor dem Kind,
ham eahna Huldigung darbracht
und eahnere Gschenker auspackt
für des Kind:
Gold und Weihrauch und Myrrhen.

Am andern Tag sans wieder fort.
Net über Jerusalem;
sie müaßten an andern Weg geh,
hams gsagt,
des is eana im Traam bedeut worn.

Mit der Maria war's jetz so weit,
daß mir uns gsagt ham:
Morgn könn ma hoamgeh,
auf Nazareth.

Aber in der Nacht,
da is mir wieder a Engel erschienen,
im Traam, und hat gsagt:

Joseph, steh auf!
Nimm das Kind und seine Mutter
und flieh nach Ägypten
und bleibe dort
bis ich dir sage,
daß du zurückkehren kannst;
denn Herodes will nach dem Kind suchen,
um es zu töten.

Den möcht i sehng,
der wo hergeh kaannt und sagn:
Der Joseph hat's leicht ghabt!

Stellts euch doch des amal vor:
Aufsteh, mitten bei der Nacht,
as Kind aus seim Schlaf reißen
und sei Muatter!
Nimmer zruck können, in sei Hoamat,
wo ma alles liegen und steh lassen hat!
Zammpacken auf der Stell
und naus, in de stockfinstere Nacht
bevor ma no recht überlegn kann,
wia des wern soll
mit dem Kind,
des sei Pfleg braucht
und mit der Frau,
grad ausm Kindbett raus.

Auf und davo
in a wildfremdes Land!
Und des alles
auf rein gar nix hi
als wia auf
an Traam.

Meine liaben Leut:
Wem da von euch
net allerhand Gedanken kommen taaten!

Aber laß ma des.
Mir san auf und davo
in derselbigen Nacht und
san aa guat numkömma, auf Ägypten.

Warn ma kaum drent,
is uns erzählt worn,
daß der König Herodes
alle Buam umbringen hat lassen,
in Bethlehem; alle Buam
bis zu aram Alter von zwoa Jahr.

Warum hat des sei müaßen?
kaant ma sich fragn.
Und warum hat der Herrgott
des zualassen?

Und warum
hat auf de Frohe Botschaft nauf
so a grausamer Kindsmord sei müaßen?
Kaannt ma sich fragn.

Ma kannt sich viel fragn;
aa zu dem andern, was i erzählt hab
und kaannt da seine Zweifel anmelden
und dort.

Des
hätt der heilige Joseph aa toa könna:
Seine Zweifel omelden!
Was hat er nämlich an Gwißheit
scho ganz und gar ghabt?

Da warn a paar Traam
und a Frau, de a Kind kriagt.
Da warn a paar Hirten
und a Kind in der Krippen.
Da warn a paar Herrn aus dem Morgenland
und wieder a Traam.

In der Hand ghabt
hat der heilig Joseph
nix!

Wer möcht da behaupten:
Wenn er selber dabeigwesen waar,
taat er sich leichter, mitm Glaabn?

Täusch ma uns net, Leut!

Viel Neus
wer i euch net erzählt ham.
Höchstens des,
daß ma aa bei am Heiligen
nix derfragn kann.

Von am Heiligen kann ma bloß lernen.

Und was mir
vom heiligen Joseph seiner Weihnachtsgschicht
lernen könen,
des, moan i, waar des:
Wia wenig
an Gwißheit daß oana braucht,
wenn er bloß
den rechten Willn hat,
zum Glauben.

Zum Ausklang soll ein ruhiges Musikstück – am besten mit weihnachtlichen Motiven – angehört werden. Danach kann der „Weihnachtsnachtwächter“ gesungen werden.

Weihnachtsnachtwächter

Wer hat denn dieses Licht anzündt?
Seht, wie der helle Stern dort brinnt!
Will uns denn Gott ein Sunnen
jetzt bei der Nacht vergunnen,
die man ansonst nit findt?

Hör nichts als lauter Gloria;
guat Zeitung ich erfahre, ja,
denn heut ist uns geboren
der Heiland auserkoren.
Singt alle Gloria!

So laufet nur fein eilands gschwind
hin zu dem lieben Gotteskind!
Zu Bethlehem dort unten,
da wird es werden gfunden,
der Engel hat's verkündt.

Hoamweg

Dort, wo der Liachterglanz
gschiena hat, is's jetz ganz
finster und staad.

Wo de vieln Engel warn,
Lobgsang der Himmelscharn
is alls verwaht.

Wer's jetz net in eahm findt,
was ma uns hat verkündt,
zweifelt am End.

Und wanns d' an Zweifel hättst,
nachad hilft bloß, daß d' betst.
Falten ma d' Händ!

Vom Stephanitag

Weil der heilige Stephanus der erste Märtyrer war, hat er den ersten Namenstag nach der Geburt seines Herrn gekriegt.

Weil der heilige Stephanus in der Urgemeinde von Jerusalem durch eine Wahl den Aposteln beigegeben worden ist, hat man bis ins vorige Jahrhundert hinein am Stephanitag die Markt- und Stadträte gewählt.
Weil der heilige Stephanus die Gaben zum täglichen Liebesmahl eingesammelt hat, sind an seinem Namenstag Brote, Äpfel und Hennen als Stephansopfer an die Spitäler gegeben worden.
Weil der heilige Stephanus alle Speisen vor dem Verzehr gesegnet hat, ist am Stephanstag das Salz zum Weihen gebracht worden; jede Speise die damit gesalzen worden ist, hat etwas von dem Segen mitbekommen.
Weil der heilige Stephanus auf seinen Missionsreisen mit dem Wagen gefahren ist, haben ihn die Kutscher und Fuhrleute zu ihrem Patron erwählt und am Stephanstag einen Umritt gemacht.
Weil der heilige Stephanus durch seine Steinigung die Erde geweiht hat, ist man mit dem Stephanswein auf die Felder gegangen: In einen Kelch ist roter Wein und ein Stein getan worden, und nachdem ihn der Priester gesegnet hat, ist er auf den Boden vergossen worden.
Weil der heilige Stephanus mit großer Beredsamkeit vor dem Hohen Rat seinc Sache vertreten hat, ist er angerufen worden, wenn man zur Obrigkeit oder vor ein Gericht gerufen worden ist.

Der Winterhansl und die Johannesminne

Wer ein Sommerhansl ist, der hat am 24. Juni Namenstag, weil er nach Johannes dem Täufer benannt ist. „Johann Bapt.“ schrieb er früher zu seinen Namen.
Der Winterhansl aber ist nach dem Evangelisten und Lieblingsjünger des Herrn getauft und hat am 27. Dezember Namenstag. Er läßt sich „Johann Ev.“ schreiben.
Nach der Legende hat Johannes der Evangelist vergifteten Wein getrunken ohne Schaden zu erleiden. Daher kommen die Bräuche um den Johanneswein. Er wird am Johannestag in die Kirche zum Weihen gebracht, damit man sich bei mancherlei Gelegenheiten zutrinken kann mit dem Spruch: „Ich gsegne dir'n Sankt-Johannes-Wein!“
Den Johanneswein hat man bei Hochzeiten miteinander getrunken oder wenn man einen Streit begraben hat und einander bedeuten hat wollen, daß man sich nichts mehr nachträgt. Darum hat man auch gesagt: die Johannesminne miteinander trinken. Dazu ist im Mittelalter sogar der Scharfrichter zum Verurteilten in die Zelle gekommen. Bevor einer in die Fremde oder gar in den Krieg ziehen hat müssen, hat man mit ihm noch die Johannesminne getrunken. Der Johanneswein, hat es geheißen, ist ein inwendiges Amulett gegen alles Böse, das zwischen den Menschen liegen oder aufkommen könnte. Es leuchtet mir eigentlich nicht recht ein, warum man gerade diesen Brauch beinahe ganz und gar abkommen hat lassen!

Der Kindleintag

Wenn einer meint, die alten Bräuche wären fad und langweilig gewesen, der ist auf dem Holzweg! Nehmen wir zum Beispiel bloß das Kindeln her!
„Tag der unschuldigen Kinder“ steht am 28. Dezember im Kalender. Weil das zu lang war, hat man einfach Kindleintag gesagt. Das war so im Schwang, daß wenn einer „Kindleinmonat“ gesagt hat, war niemand verwundert und hat gewußt: damit ist der Dezember gemeint. Kaiser Karl der Große hat ihn schon vor zwölfhundert Jahren zum Feiertag gemacht, den Kindleintag, an dem man sich daran erinnern soll, wie da die rauhen Knechte des Königs Herodes zu Bethlehem in die Häuser gekommen sind um die unschuldigen Kindlein wegzunehmen, wenn es Buben waren.
Ein Jahrtausend lang ist es ein Feiertag geblieben, bis ihn der bayerische König Max Joseph abgeschafft hat. Sein Minister Montgelas hat die Gendarmen hinausgeschickt, in die Dörfer, am Kindleintag, daß sie mit Gewalt austreiben sollten, was da so lange Brauch gewesen ist: das Kindeln! Die Bürgermeister haben das Verbot jedes Jahr von neuem ausläuten lassen, und die Pfarrer haben von den Kanzeln abgemahnt, daß es ein unchristlicher Brauch ist und ein unsittlicher dazu! Am Tag der unschuldigen Kinder selber sind die Aufpasser herumgestanden – aber es hat lange nichts geholfen; weil es halt gar so schön gewesen ist, das Kindeln!
Da hat mancher heuer ein paar Gulden Buße zahlen müssen, ist vom Pfarrer ins Gebet genommen worden oder

der Gendarm hat ihn gleich gar ein paar Tage lang ins Loch gesteckt – im Jahr drauf ist wieder gekindelt worden!

Und wenn ich mir das so vorstell ...

Rumgedruckt hab ich jetzt lange genug. Es wird Zeit, daß ich die Katze aus dem Sack laß.

Also, zuerst einmal, in aller Herrgottsfrüh, da haben es die Weiberleut notwendig gehabt. Sie haben einen ganzen Weidling voll Zelten, voll Weihnachtsplätzerl, hergerichtet und alle Daumen lang zum Fenster hinausgeschaut, ob noch keiner kommt. So schnell hat aber gar keiner kommen können!

Die jungen ledigen Mannsbilder nämlich, die haben zuerst in den Wald oder ins Moos hinauslaufen müssen, wo es Kranawittstauden gegeben hat, den Wacholder. Von denen haben sie sich Zweige abgeschnitten, oben mit einem Wuschel von den spitzigen Fitzeln dran. Das waren die Kindlruten. Mit denen sind sie ins Dorf und gradwegs auf ein Haus zu, in dem es junge ledige Weiberleut gegeben hat. Dann hat ein Kudern angefangen und ein Davonlaufen, ein Lachen und ein Geschrei und ein Rock zusammenhalten mit allen zwei Händen! Mit seiner Kranawittrute nämlich ist der Bub einem Madl nach und hat damit um die Füße herumgepeitscht, das war ganz schön wax! Und wer richtig Bairisch versteht, der weiß: Das ist fei arg weit hinaufgegangen, was man unter Füß verstanden hat!

Fitzeln hat man diesen besonders bei den jungen Mannsbildern beliebten Brauch geheißen.

So ganz gegen den Brauch sollen die Madln ja auch nicht gerade gewesen sein. Abgesehen davon: Wenn eine nicht viel wissen hat wollen, von einem Fitzler, hat sie sich schnell loskaufen können: „Da hast deinen Zelten und geh deiner Weg!“ und dann hat er's halt in einem andern Haus probieren müssen; wär ja schad um die Zeit gewesen, die einer vertan hätte. Mit dem Zusammenläuten zum Amt war's vorbei!

Es soll schon Buben gegeben haben, die das halbe Dorf ausgefitzelt haben und nicht zu mehr gekommen sind als zu lauter einschichtigen Zelten. Wenn einer aber an die Richtige gekommen ist, dann hat sich die von der Kuchl in die Milchkammer und von der Milchkammer in den Hausgang fitzeln lassen, und wenn ihr vor Kudern und Lachen und Rock zusammenhalten endlich die Luft ausgegangen ist, dann war es meistens in einem dustern Ekkerl – und dort war es dann auf einmal eine kleine Zeitlang mucksmäuserlstill. Über und über rot, vor lauter Fitzeln und Aufregung ist sie dann mit einer ganzen Hand voll Pfefferzelten herausgerückt, und das war alles andere als ein sich Loskaufen. Damit hat man seinen Beschützer gehabt, im Fall noch andere dahergekommen wären und einen, mit dem man wenigstens einmal den ganzen Kindleintag zubringen hat wollen.

„Wer kindeln will, der muß auch kramen“, hat selbigesmal ein Spruch geheißen. Am Nachmittag hat der Kindler sein Fitzermadl abgeholt. Bei wem was daheim war, der hat sich nicht lumpen lassen und ist mit dem Schlitten oder dem Kutschwagerl vorgefahren. Bei den andern ist's so auch gegangen.

Am liebsten ist man in den nächsten Marktflecken oder in die Stadt; eine Stunde weit, zwei und drei auch. Da hat

man sich allerhand Liebes sagen können, auf so einem weiten Weg!
In der Stadt hat das Dirndl zuerst seinen „Kindlkram“ gekriegt: ein Halstuch meistens, seidene Bänder, ein Ketterl und ein Packl Lebzelten. Beim Lebzelter ist man auch eingekehrt, zum Met. Schön- und Stärketrunk hat man dieses Getränk geheißen. Und wer miteinander beim Met war, hat einander zugehören wollen; nicht grad unbedingt auf immer und ewig, aber doch so, daß man's einmal ausprobieren hat wollen, ein Zeitlang, wie gut man sich vertragen könnte. Es hat gar keinen Zweifel daran gegeben, daß man mit dem Ausprobieren auf dem Heimweg schon ein bißl angefangen hat.

Wer es jetzt immer noch nicht glaubt, daß die alten Bräuche in gar keiner Weise immer langweilig gewesen sind, der wird halt zu wenig Phantasie haben. Oder er gehört zu denen, die in der Früh beim Fitzeln mit lauter einschichtigen Zelten weitergeschickt worden sind.

Warum aber der König Max Joseph und sein Minister Montgelas den jungen Leuten das Fitzeln mit Gewalt ausgetrieben haben, auf das bin ich nicht gekommen. Ein wenig im Verdacht habe ich sie schon, daß sie einmal recht abgeblitzt sind, beim Fitzeln! Oder es hat sie vielleicht gar das Geld gereut, beim Kramen. Oder sie haben den Met nicht vertragen.

Jedenfalls sind sie schuld, die zwei, daß der Brauch abgeschafft worden ist. Heutzutage wär's sowieso nichts mehr damit: Die Kranawittstauden stehen unter Naturschutz, und ob man durch die Jeanshosen viel spüren tät, beim Fitzeln, das ist eine andere Frage.

Es haben sich halt nicht nur die Bräuche geändert sondern auch die Menschen!

Kindleintaglied

Und an dem lieben Kindleintag
geht heftig an der Jungfern Plag;
um sie zu fitzeln und zu hauen
viel junge Bursch sich lassen schauen.

Sie tragen Ruten in der Hand
und sind ganz außer Rand und Band;
und tut's auch weh, den Jungfern allen,
wer einen gern hat, läßt sich's gfallen.

Mit Pfefferzelten, scharf und groß,
da kaufen sich die einen los;
zum Kramen geht, wer sich gern mag
und auch zum Met, am Kindleintag.

Und an dem lieben Kindleintag
geht heftig aus der Jungfer Plag,
weil sie den Bursch nach so viel Ehren
und auch sich selbst kann nimmer wehren.

Zeit

Zeit gaab's grad gnua!
Ma brauchert bloß kömma
und sich Zeit nehma
und kannt dro sei Freud ham.
Bloß, weil mir koa Zeit ham
zum Nehma,
drum kömma
mir halt net dazua.

In der Kürze ...?

A guats neus Jahr wünsch i dir halt nacha!
A guats neus Jahr wünsch i dir halt!
A guats neus Jahr wünsch i dir!
A guats neus Jahr wünsch i!
A guats neus Jahr!
A guats neus!
A guats!
A!
–!

Bhüat die Gott, du alts Jahr

Bhüat di Gott, du alts Jahr!
Bist halt aa wieder gar.
Jede Sorg, jede Freud,
alls vergeht mit der Zeit.

Vor am Jahr in der Nacht
ham mir gschossen und glacht,
und ganz hoamlich ham mir
a weng Angst ghabt, vor dir!

Dann war's fast wia allwei:
Guats und Schlechts war dabei
und's war alls zum Ertragn.
Laß dir Dank dafür sagn!

Geht's Jahr o, sagn sich d' Leut:
's is a arg lange Zeit! –
Und am End wenn ma steht,
sagns: Wia d' Zeit schnell vergeht!

Ja mei: Voraus, in d' Zeit
siehgt ma halt gar net weit!
Aber ruckwärts, auf Ehr!
schaugst von Jahr zu Jahr mehr!

Bloß taat's sell net vui taugn,
wurads d' bloß ruckwärts schaugn;
und – was gar is, is gar.
Bhüat di Gott, du alts Jahr!

Rezept für ein Hustenmittel

Man nehme 1/4 Pfund rohe, geschälte Zwiebeln, zerschneide und koche sie mit 1/2 Liter Wasser, 1/4 Pfund Honig, 1/4 Pfund Zucker zu einem dicken Sirup. Den streicht man durch ein Hefesieb, läßt ihn erkalten und hebt ihn in einer gut verschlossenen Flasche zum Gebrauch auf.

Der gelebte Augenblick

Nur im gelebten Augenblick
berührt sich deine Zeit
mit der Ewigkeit.

Was einmal war
an Leid und an Glück
änderst du nimmer,
holst nichts zurück.

Und alle kommenden
Freuden und Sorgen
leb sie nicht heute schon,
zwinge sie morgen!

Nur der gelebte Augenblick
verbindet dich und deine Zeit
mit der Ewigkeit.

Der Stern überm Stall

Auf ara mal
war a Stern überm Stall!

Da werns gschaugt ham,
de Heilign Drei König
und gwundert a wenig,
wias von der Fern
derlurt ham den Stern!

„Pack ma glei zamm:
Gold, Weihrauch, Myrrhn!
Da gibt's koa verirrn,
wenn mir oan Schritt vorm andern
dem Stern nachiwandern!

Nacha werns gschaugt ham,
und des net wenig,
de Heilign Drei König,
wias dann auf amal
in aram Stall
dringstanden san!

Da taaten mir dann
scho aa komisch schaugn!
's taat uns gar net recht taugn,
kaannt i mir denka,
wenn mir unsre Gschenka

auf ara mal
müaßtn hilegn im Stall!

Wie die drei König zu ihrem Heiligenschein gekommen sind

Besondere König sind sie immer schon gewesen, der Kaspar, der Melchior und der Balthasar. Wenn sie auch in der Politik gestanden sind, waren sie doch keine solchen Streithanseln, die immer bloß drauf warten, daß der andere eine Dummheit macht; damit einer selber besser dasteht. Auf die Weis wären sie ja nie Heilige geworden!
Sie waren aber auch sonst keine gewöhnlichen König. In den alten Schriften haben sie sich auskennt und sogar in den Sternen und haben Sachen im Kopf gehabt, die anderen nicht einmal im Traum eingefallen wären. Andererseits waren sie nicht eingebildet wie wunder was. Zu denen hat jeder kommen können, wenn er einmal nimmer ein und aus gewußt hat. So studiert sie auch waren, haben sie doch die Kirch beim Dorf lassen. Und wenn sie einmal selber nicht weitergewußt haben, mit einer Wirtschaftskrise oder mit der Umweltverschmutzung oder was, dann haben sie das zugegeben und nicht probiert, daß einer dem andern die Schuld in die Schuh schiebt. Im Gegen-

teil, sie haben sich zusammengehockt und überlegt, wie einer dem andern helfen kann.
Deswegen wären sie aber immer noch keine Heiligen geworden. Angefangen damit hat das so:
Wie sie einmal grad wieder einen ganzen Tag lang hin und her überlegt haben, wie das weitergehen soll, unter dem Kaiser Augustus seiner Politik, da haben sie sich gesagt: Jetzt vergönnen wir uns noch eine Maß! und haben sich beim Kaspar auf der Veranda zusammengehockt. Der Kaspar hat einen Andechser Bock im Haus gehabt und geräucherte Haxln, seine Frau hat Maurerlaibl geholt und der Balthasar hat gesagt: „Schad, daß mir koan vierten Mann ham, sonst kaannt ma an Schafkopf toa!"
Draußen war eine stockfinstere Nacht. Kein Lüfterl hat sich gerührt, und die ganze Welt war so mucksmäuserlstaad, wie wenn sie auf etwas warten tät. Dem Melchior ist auf einmal ganz anders worden, er hat einen tiefen Schnaufer getan und gesagt: „I moan allerweil", hat er gesagt, „mir kriagn an Föhn!" Aber der Balthasar hat den Kopf geschüttelt und gemeint: „I glaab's net! Weil bei einem Föhn, da taat i Kopfweh ham und waar wepserd." Und wie der Kaspar gerade sagen hätte wollen: „Irgendwas liegt in der Luft!" – da hat's ihnen einen Riß gegeben, alle drei. Drüben, auf der Wetterseite, da ist nämlich mit einem Schlag ein Licht am Himmel gestanden, und bevor sie drüber nachdenken haben können, wie jetzt das dort hinkommt, haben sie alle drei wie aus einem Mund gesagt: „Ein Stern!"
Ein Stern war am Himmel, ein nigelnagelneuer Stern! So nigelnagelneu schon, daß ihn vorher überhaupt noch kein

Mensch gesehen hat. Und kaum ist er aufgegangen gewesen, der Stern, da war's auch schon gleich nimmer so stockhagelfinster in der Welt.
Wie sie sich jetzt so anschauen, die drei König, einer den andern, da hat sich ein jeder denkt: „Ja, da legst dich nieder! Das tät jetzt beinah so ausschaun, wie wenn die andern a ganz a kloans bißl an Heiligenschein aufhaben täten!" Hat sich aber keiner was sagen trauen, weil sich ein jeder denkt hat: „Wenn i jetzt was von einem Heiligenschein sag, dann moana de andern, i hätt z'tiaf in'n Maßkruag neigschaugt!"
Bloß der Balthasar hat sich noch heimlich auf den Kopf gelangt, ob er nichts spürt. Der Melchior aber hat gewispert: „Also, wenn des nix zum Bedeuten hat, mit dem Stern, dann hoaß i Hans!" Der Kaspar aber, der hat den Kopf schief gehalten und ist ganz andächtig geworden, hat seine rechte Hand gehoben wie nochmal ein König und hat gesagt: „Jetzt ist es so weit!"
„Was is so weit?" sind die andern gleich rausplatzt.
„Ja, schaugts doch grad hin", hat der Kaspar gesagt, „wo der Stern steht! – Ha? – Steht der net pfeilgrad über Jakob? Und ist dies nicht die Erfüllung des Wortes, das schon Mose gesagt hat: Es wird ein Stern aufgehen über Jakob?"
Der Balthasar hat eine Hand an den Mund gehalten und zum Melchior hinübergewispert: „Sag amal, Melchl, was hat denn der auf oamal mit seim Jakob?" Aber der hat ihn mit dem Ellerbogen angestößen und bedeutet: „Halt dei Pappen! Spannst denn net, daß der Kaspar prophetisch werd? Allerweil, wenn er an Kopf schiaf halt und hoch-

deutsch redt, dann is er prophetisch!“ Also haben sie gelust wie die Mäuserl, was der Kaspar zu verkünden gehabt hat: „Ein Stern über Jakob wird aufgehen, und von dem weissagt der Prophet: Das Volk, das im Finstern wandelt, siehet ein großes Licht! Jetzt ist der Messias geboren, der gesalbte Erlöser der Welt!“ Und dabei ist über dem Kaspar wieder der Heiligenschein aufgeflackert, ganz deutlich diesmal, daß die andern zwei gar keinen Zweifel daran haben können, an dem, was ihnen der Kaspar erzählt hat. Sie haben bloß noch gefragt: „Wo werd denn dann des epper gwesen sei, auf derer großen buckligen Welt?“ – „Da brauchen wir bloß dem Stern nachzugehen“ hat der Kaspar behauptet, hat dann seinen Kopf wieder grad gehalten und mit der Hand auf den Tisch gepatscht und gejuchzgert: „Auf geht's, Buam! Da müaß ma hi! Packts euere Rucksackerl zamm und laßs d' Kamel satteln, teats a paar Tragerl Bier mit nauf! So wia des ausschaugt, müaß ma durch d'Wüste, da kriagn mir an Durscht!“ Und er hat durch d' Finger pfiffen, nach den Stallburschen und nach dem Hausknecht. Sie haben noch überlegt, was für Geschenke sie mitbringen, aber der Kaspar hat auch da Bescheid gewußt: Einem König schenkt man Gold, dem Priester Weihrauch und dem Erlöser Myrrhen! Also hat ein jeder etwas eingepackelt, von dem Sach. Hat nicht einmal eine Stunde gedauert und sie waren fix und fertig. Sie haben sich auf ihre Kameler geschwungen, und der Kaspar hat noch seiner Frau zugerufen: „Auf unsere Namenstag, moan i, wern ma dann scho wieder dahoam sei!“ Dann sind sie losgeritten, noch in der selbigen Nacht; immer dem Stern nach, der ihnen den Weg gezeigt hat.

2. Sie wallfahrten aus ihrem Dörfel heraus,
der Melcher, der flankelt die Fahnstang voraus,
und beten und singa gar lobsam
sanktdritter das Kyrieleisan.

Zwei Tage drauf, auf Stephani, da ist ihnen das Zapferl allerweil mehr und mehr runtergefallen. Kann sein, daß auch das dran schuld war, weil das Bier gar so lack geworden ist, in der Hitz. Oder weil sie sich's doch nicht gar so weit vorgestellt gehabt haben. In Wirklichkeit wird's aber schon das gewesen sein, mit dem der Balthasar schon eine ganze Zeitlang herumdruckt, bis er's endlich rausläßt: „Ja, sagts amal, wenn der Stern so weitermacht, dann kommen mir ja pfeilgrad auf Jerusalem zua!" Und dem Melchior ist augenblicklich ein Seifensieder aufgangen, wo der Balthasar nausmöcht: „Und in Jerusalem, da regiert der König Herodes!" – „Und der raucht koan Guaten!" – „A ganz a verlogenes Bürscherl is des, was ma so hört!" – „Hinterfotzig bis dort naus!" – „Da derf ma aufpassen, wia d' Haftelmacher, wenn mir in dem sei Land neikömma!" – „Da stift i a Kerzen mit anderthalb Pfund,

wenn mir wieder einigermaßen heil rauskömmen, aus dem Schlamassel!" So haben sie eine ganze Zeit aneinander hingewuiselt, die zwei.
Der Kaspar hat die längste Zeit getan, wie wenn er gar nicht zuhören tät. Aber wie dann der Balthasar gemeint hat: „I woaß net, ob's net as Gscheitere waar, mir taaten uns des nomal überlegn, ob mir net doch besser wieder umkehrerten!" da ist ihm das Haferl übergelaufen dem Kaspar. „Wia redst denn jetz du daher, ha? Du Hosenträträ, du! Geh doch hoam zu deiner Mama und laß dir an Didi gebn, du! Wegen dem bißl Herodes solche Bolln schiabn! Wo mir den Stern dabei ham! Wo uns der Messias geborn is, da taat eahm as Herz in d' Hosentaschen falln! Aber bittschön! Wennst moanst: Bild dir bloß net ei, mir taaten ohne di net fertigwern! Kehr nur um, dann gibt's halt in Gotts Nama bloß zwoa Heilige Drei König! Und de Kinder lernen später in der Schul, der dritte hat unterwegs auf oamal koa Schneid nimmer ghabt!"
Da hat der Balthasar ganz kleinlaut beigegeben: „Ma sagt ja nix; es is ja bloß, daß ma drüber redt." Und der Melchior hat getan, wie wenn er selber nie auf solche Gedanken gekommen wär und hat den Balthasar in Schutz genommen: „Da Baltl hat's ja gar net so gmoant, wiar er's gsagt hat!"
Der Stern ist immer weiter und weiter in Richtung Abendland. Sogar der Kaspar hat zugeben müssen, daß er sich's so weit auch wieder nicht vorgestellt hat. Sie haben ja nicht wissen können, daß sie grad aufs Neujahr erst in Bethlehem haben sein sollen. Jetzt, am Kindleinstag, haben sie einen Tag Rast machen müssen, weil ihnen einfach

der Dampf ausgegangen ist. Am andern Tag haben sie dann den ersten Wegweiser auf Jerusalem gesehen, und am Nachmittag sind sie hineingekommen. Da sind die Leut, die grad beim Einkaufen waren, stehen geblieben und haben geschaut: „Was san jetzad des für drei? Des waar ja direkt was für unser Kripperl, so wia de daherkömma!"
Der Melchior hat sich schon seit dem Wegweiser auf eine frische Maß gefreut und drum heimlich nach einem guten Wirtshaus spekuliert, und der Balthasar hat sogar einen Schutzmann gefragt, wo's da gscheite Weißwürst gibt, aber der Kaspar hat gesagt: „Nix da!" und ist dem Stern nach, zuerst durch die engen Gasserln, dann über den Residenzplatz bis vor dem König Herodes seinen Palast.

3. Sie zogen bis zum Herodes sein Haus;
da schreit der Kalfakter zum Guckerl heraus:
„Herein, es Zigeuner, hereine!"
Der Stern gibt noch immer den Scheine.

4. Der Kaspar, der sprach: „A feuriger Mo(nd)
führt uns grad auf Sankt Salvata hino!"
Der Stern, der verliert jetz den Scheine
und laßt die drei Kini alleine.

5. Herodes hofiert sie mit Branntwein und Bier.
Sie sprechen: „Wir suchen ein Königlein hier;
ein Königlein ist uns geboren,
sonst waarn mir zum Teufel verloren."

Der König Herodes hat sich zuerst wirklich gefreut wie ein Schneekönig. „Drei König zum Staatsbesuch auf oan Schlag" hat er sich denkt, „des poliert mei Imitsch auf, in der Politik!" Er hat sie gleich ins Hofbräustüberl eingeladen, hat gefragt, ob sie lieber ein Geselchtes haben täten oder einen warmen Leberkäs, und hat sich ganz leutselig dazugehockt, und wie jeder sein Sach gehabt hat, da druckt ihn die Neugier schon so gewaltig, daß er nimmer anders kann, als wie daß er sie fragt, welchem Umstand er die Ehre zu verdanken hätt.

„Ja, mei," hat der Kaspar zu reden angefangen, des is schnell gsagt: „Mir suchen den neugeborenen König!"

Da ist dem Herodes das Zapferl hinuntergefallen! Er hat nämlich gar keinen Prinzen gehabt und einen neugeborenen schon gleich gar nicht. Der Balthasar und der Melchior haben aber schon recht gehabt, wenn sie behauptet haben, daß er ein hinterfotziger Lügenschüppel ist. Er hat sich nämlich überhaupts nichts anmerken lassen, der Herodes. Im Gegenteil; er hat die scheinheiligste Fotzen hingezogen, die man sich denken kann und hat gejubelt: „Ja, was net gar! Des hat sich schon bis zu euch nüber rumgsprochen! Und seids eigens rumkömma, zum Gratuliern? Mei, da woaß i ja glei gar net, was i sagn soll, vor lauter Freud!" So hat sich der Tropf verstelln können. „Aber wißts was, jetz teats euch z'erst amal a bißl ausrasten, von enkerer weiten Roas! Geht's unter d' Dusch, a Liegerstatt hab i scho herrichten lassen; zum Nachtmahl sehng mir uns dann wieder, und da wer i euch de ganze Gschicht erzähln!" Weil sie jetzt erst richtig spannen, wie müd daß sie waren, haben sie nichts dagegen einzuwenden gehabt und sind in die Schlafkammern hinauf.

6. Herodes zürnt zornigli über des Ding
und drahdelt am Finger dreimal'n Fotzring
und schicket um d' Schergen und d' Leviten.
de kömma all flugs unter d' Schmitten.

Er hat noch nicht gar zu viel drauf geben wollen, der Herodes, wie ihm der erste von seinen Schriftgelehrten gesagt hat: „In Bethlehem, im Lande Juda, dort wird der Messias geboren.“ Aber wie der Hohepriester in die gleiche Kerbe geschlagen hat, ist er doch stutzig geworden. So viel er auch aufgerufen hat, daß sie ihr Gsatzerl vorsagen, immer ist das gleiche rausgekommen: „Es steht geschrieben, er wird in Bethlehem geboren, im Lande Juda, und Bethlehem ist nicht die geringste unter den Fürstenstädten, und aus Bethlehem wird der Herrscher kommen, der das Volk erlösen wird.“

Da hat's der König Herodes schon fast nicht mehr erwarten können, bis die drei König ausgeschlafen gehabt haben. Er hat nochmal alles genau wissen sollen: Wann das gewesen ist, mit dem Stern, wie er ihnen den Weg gezeigt hat, durch was der Kaspar draufgekommen ist, was es mit dem Stern zu bedeuten hat und vor allem ,was sie tun wollen, wenn sie ihn gefunden haben. Er hat immer wieder freundlich mit dem Kopf genickt, wie sie ihm alles nochmal erzählt haben und hat sie immer wieder „meine weisen Herren hin und meine weisen Herren her“ geheißen. Er hat auch so getan, wie wenn er das aus sich heraus alles schon längst wissen tät, mit der Stadt Bethlehem, und hat ihnen genau den Weg beschrieben, wie sie am besten hinkommen könnten und hat ihnen die besten Wirtshäuser verraten, wo sie unterwegs einkehren könnten. Schließlich hat er sie noch eingeladen, sie sollten auf dem Retourweg wieder vorbeischauen, er tät sich sakrisch freuen, wenn er ihnen bei der Gelegenheit dann Jerusalem zeigen könnt. Und er wär gespannt, wie's dem neugeborenen König geht, er selber wär jetzt so in der Arbeit, mit dem Regieren, daß er unmöglich mit nüber kann.

7. „Geht, suchet zu Bethlheim 's Königlein dort
und, findet ihr's Kindlein, zeigt mir den Ort!
Dann geh ich dahin auch wallfahrten."
So wollt er die Schelmerei karten.

8. Ein Engelein aber erwittert den Wind
und sprach: „Zoagts eahm d' Feigen anstatt dem Christkind!
Der Schelm wurd den Kreuzweg abbeten
und 's Königlein martern und töten."

Haben sie also wieder ihre Kamel satteln lassen und sind naus, beim Tempel. Komisch ist ihnen das alles schon vorgekommen: Da sitzt der Herodes in Jerusalem heroben und drunten in Bethlehem soll ein Prinz auf die Welt gekommen sein. Der Melchior hat nicht anders können, als wie daß er sagt: „Irgendwas stimmt net, bei derer Gschicht!" Und der Balthasar hat gemeint: „Ob des net alles wieder bloß a oanzige Hinterfotzigkeit is, de wo der mit uns ostellt? Wer woaß, wer woaß, was der mit uns no alles auskarten möcht?" – „Aufpassen derf ma wia d' Haftelmacher!" hat ihm der Melchior recht geben und hat an sein Schwert hingelangt, ob er's noch hat. Und dann hätte der Balthasar gleich gar so angefangen: „Wer woaß, ob des mit Bethlehem überhaupts sei Richtigkeit hat?" Aber da ist es dem Kaspar zu dumm geworden. Sein Kamel hat

er angehalten und gesagt: „Haltstaad, Freunderl! Jetz schaugts amal da nauf!“ und hat seine königliche Hand ausgstreckt, wie damals auf der Veranda. Pfeilgrad, da war wieder der Stern! Wenn's gleich hellichter Tag gewesen ist, der Stern war am Himmel, direkt vor ihnen, daß er ihnen zeigt: Es stimmt schon! Ihr seids schon auf dem richtigen Weg nach Bethlehem hinüber!
Da haben sie sich nicht mehr aufhalten lassen, sind dahin über Stock und Stein, kommen auf den Buckel, von wo aus man das ganze kleinwinzige Stadtl Bethlehem liegen sieht, steigen ab und beten zum Dank ein paar Vaterunser. Dann halten sie die Hand vor die Augen und schauen, aber da ist nichts und schon rein gar nichts, von dem man sagen könnte, das wär so was ähnliches wie ein königliches Schloß. Der Stern wieder, der steht kerzengrad über einem kleinen Häuslersach, daß heißt, wenn man's genau nimmt, über dem Stall davon. Sie haben sich nicht anders zu helfen gewußt, als daß sie zu ein paar Hirten hin sind, zum Fragen. Die haben sich gar nicht derfangen können: „Was? A Schloß? A Königsschloß taaten die Herren da suchen? In Bethlehem a Königsschloß? Ja, wer hat euch denn den Bären aufbunden?“
Erst wie der Kaspar das mit dem neugeborenen Kindlein erzählt, da pfeift der Oberhirt durch die Zahnlucken und sagt: „Kömmts amal mit!“
Er führt die drei König zu dem Häuslmannstall, pumpert an die Tür und schreit hinen: „Sepp! Mari! Machts amal auf! A Bsuach waar da, für euch!“